AV

Christa Meier-Drave

Himmel und Erde

Eine Kindheit

AISTHESIS VERLAG

Bielefeld 2007

Abbildung auf dem Umschlag und alle Fotoarbeiten von der Autorin.

Bibliographische Information Der Deutschen Bibliothek

Die Deutsche Bibliothek verzeichnet diese Publikation in der Deutschen Nationalbibliographie; detaillierte bibliographische Daten sind im Internet über http://dnb.ddb.de abrufbar.

2. Auflage

Postfach 10 04 27, D-33504 Bielefeld
Satz: Germano Wallmann, www.geisterwort.de
Druck: docupoint GmbH, Magdeburg

ISBN 978-3-89528-619-3
www.aisthesis.de

Für meine Kinder und Enkelkinder

Wenn es kalt wird,
schlüpfe ich in die Erinnerungen meiner Kindheit
wie in einen warmen Mantel.

Das kleine Album liegt seit vielen Jahren im Fotokasten. Sein blauer Leineneinband mit dem zarten Blütenmuster ist verschlissen und beginnt auseinanderzufallen. Es ist das Kleinod, das mein Vater während seines Kriegseinsatzes und seiner Gefangenschaft von 1941 bis 1945 ständig bei sich trug. In ihm finde ich Fotos aus meiner frühsten Kindheit.
Vater hält ein Neugeborenes im Arm. *Vier Tage alt* steht auf dem Foto.
Ein Baby mit einem Häkelkränzchen auf dem Kopf liegt bäuchlings auf einer weißen Decke.
Die junge Familie posiert in Sonntagskleidern im Atelier eines Fotografen.
Ein zweijähriges Mädchen hält die Hand eines Babys.
Zwei Mädchen stehen mit ihrem jüngeren Bruder im Garten, eng umschlungen.
Das letzte Foto ist ein Familienbild mit Vater in Uniform. *Heimaturlaub* steht auf der Rückseite.

Wo beginnt die Geschichte meiner Kindheit? Das blaue Fotoalbum zeigt den Beginn, so sagt man. Schwarz auf Weiß, quadratisch, gezackter Rand.

Doch das Bilderbuch meiner ersten Erinnerungen ist angefüllt mit Gerüchen, Geräuschen und Gefühlen. Lebendige Bilder tauchen auf. Unsicher schwanken sie zwischen Wachen und Träumen, verschwinden, treten hervor, füllen die Nase, die Ohren und den Mund.

Das kleine Kind steht vor dem Küchentisch in der Wohnküche. Es ist warm. Es riecht nach Vertrautem. Mit beiden Händen zieht sich das Kind an der Tischkante hoch, um etwas zu entdecken. Zu seiner großen Freude kann es über die riesengroße Holzplatte schauen. Das Kind lacht laut.

Das kleine Mädchen geht über eine Türschwelle in den Schlafraum des Großvaters. Die Schwelle ist sehr hoch. Der Großvater ist nicht da. „Er kommt nie wieder." Die Erwachsenen sind traurig. Sie weinen.

Ich sehe das Mädchen barfüßig aus dem Haus gehen. Es hat keine Angst. Der Himmel ist rot. Ein warmer Abend. Das Kind geht in den nahe gelegenen Wald. Wo sind die Eltern?
Das nächste Bild: Das Kind liegt im Bett der Nachbarin. Über das Bett beugen sich vertraute Gesichter. Die Eltern sind da. Sie lachen.

Sind diese Bilder Traumstücke?
Als das Kind 4 Jahre alt ist, hellen sich immer mehr Bilder auf. Bruchstückbilder rücken zusammen, beginnen zu laufen. Die Geschichte kann beginnen.

Im Haus vor der Recke muss ich beginnen. Da beginnt alles. Da sind Mutter und die beiden Geschwister. Meine Schwester ist fast zwei Jahre jünger als ich, mein Bruder drei Jahre. Wir vier und eine Mieterin mit ihrer Tochter bewohnen das Einfamilienhaus. Die Väter sind im Krieg.

Das Haus ist unser Nest, in dem die Wohnküche mit ihrem Kochherd der Ort meiner frühsten Erinnerungen ist. Ich sehe das lodernde Feuer im Ofenloch. Es erhellt wie Sonnenschein das Gesicht meiner Mutter. Sie legt vorsichtig ein neues Holzscheit nach. Funken sprühen. Die dunkelrote Glut zündet das Holz, wenig erst, dann als helle Flamme flackert es in der Feuerstelle. Dieser Zauber! Mutter warnt. Das Feuer kann auch gefährlich sein. Ich umklammere die blanke Stange, die vorm Verbrennen schützt. Meine kalten Hände werden wohlig warm. Ich lege ein Kräuterkissen an die Herdwand, um damit meinen Schmerz im Ohr zu lindern. Mutter steht in ihrem gepunkteten Kleid und einer Schürze am Herd. Sie legt Zwiebelscheiben auf die Herdplatte, dort, wo sie nicht mehr sehr heiß ist. Was für ein Duft! Er gehört zur Sonntagssuppe: Rinderbrühe mit Suppengrün und Markklößchen.

Im Winter, wenn wir vom Spiel im Schnee und auf dem Eis durchgefroren nach Hause kommen, ist der Backofen des Küchenherdes der Ort, an dem wir getröstet werden. Mutter setzt uns vor die geöffnete Ofentür, und sechs kleine Kinderfüße räkeln sich in der warmen Bratröhre,

bis sie kribbeln wie tausend Nadelstiche. Wir müssen weinen und lachen, bis Mutter uns warme Milch mit Honig oder heißen Pfefferminztee reicht. Eine wohlige Wärme durchzieht uns.
Der Kochherd ist ein Wunderwerk! Prächtig auch sein Anblick: die emaillierten, weißen Wände, die vier geschwungenen Beine, die verchromte Umlaufstange und die eiserne Herdplatte, die an drei Stellen von Ringen unterbrochen ist. Alles glänzt und blinkt. Die Ringe kann Mutter mit einem Feuerhaken herausnehmen, um passende Töpfe auf die Glut zu stellen. Und dann das gebogene Ofenrohr, versehen mit einem Wäschehalter über der Herdplatte. Nicht nur Kleidungsstücke werden hier getrocknet. Im Herbst hängen Schnüre mit Apfelringen von oben herab. Die gibt es später, wenn sie gedörrt sind, als Naschwerk.
Nach jedem Kochen putzt Mutter den Herd. An Samstagen wird die Herdplatte mit Scheuersand, einem Eisenschwamm und *Sidon* auf Hochglanz gebracht. Und dieser Glanz ist heilig. Wie wird er besudelt, wenn die Milch überkocht! „Mutter, ich habe nur ganz kurz aus dem Fenster geguckt.“ Der penetrante Geruch, dieses elende Schaben und Kratzen, Wischen und Polieren! Aber der Glanz muss sein. Er ist der Stolz der Hausfrau.

Neben dem Herd steht der Holzkasten auf seinen vier kleinen Rollen. Wir Kinder sind für ihn zuständig. Jeden Abend gehen wir mit einem Weidenkorb hinter das Haus und holen von einem Holzstapel die Scheite für den nächsten Tag. Zwei oder drei werden am Vorabend zusammen mit einer handvoll trockenem Reisig und Zeitungspapier in die Feuerstelle gelegt. Dann kann Mutter früh am nächsten Morgen unsere Wohnküche anwärmen.

Mutter weint viel. Ich sehe es, wenn ich am Abend noch einmal aus Vaters Bett, in dem ich schlafen darf, aufstehe. Mutter sitzt an der mechanischen Nähmaschine. Sie näht. Sie hat von der Tante ein altes Kleid bekommen. Sie trennt es auf und schneidet nach einem Schnittmuster neue Teile zu. Sie näht ein Kleid für mich oder meine Schwester. Oder wird es eine Pumphose für meinen kleinen Bruder? Im Fotoalbum stehen zwei Mädchen in bunten Trägerröckchen, weißen Blusen, weißen Schürzen und ein Junge mit kurzem Pumphöschen und weißer Bluse vorm Haus im Steingarten. Mutter ist Schneiderin.

Mutters Nähmaschine! *Phönix* nennt Mutter sie. Was für ein Name! In Gold ist er auf das schwarze Eisen gemalt. Buchstabe für Buchstabe lese ich leise immer wieder das seltsame Wort. Wenn Mutter näht, schauen wir zu, sehen das stetige Auf und Ab von ihren Füßen, die ein Eisenrad in Schwung bringen. Gleichmäßig muss sie treten, nur so läuft das Nähfüßchen, ohne zu stolpern, über den Stoff. Wir hören das Surren und bestaunen das große Schwungrad. „Darf ich mal versuchen?“ Ich darf, doch es gelingt nicht. Zu kurz sind die Beine, um das Trittbrett zu bedienen.
Die Nähmaschine steht direkt neben dem Sofa in der Wohnküche. Unter ihrem Nähtisch, zwischen Sofa und Wand, ist ein Platz, der gehört nur uns drei Geschwistern. Er ist unser sicheres Versteck und unser Geheimplatz in dämmrigem Licht. Hier drängen wir uns eng nebeneinander, wenn Gewitterdonner oder das Dröhnen der Bomber Angst machen. Wir bringen mit unseren Händen das Rad in Schwung und sitzen reglos still, wenn die Gespräche der Großen unsere Neugier erregen. Wir spitzen die Ohren. Mutter sieht uns nicht, hat uns vergessen. Wunderbarer Ort, Mutters Nähmaschine.

Abends sitzt Mutter oft vorm Radio. *Volksempfänger* nennt sie es. Wenn ich ganz nah bei ihr stehe, höre ich dumpfe Paukenschläge und eine Männerstimme. „Hier spricht London! Hier spricht London“, wiederholt sie eindringlich. Mutter bedeutet mir zu schweigen. Sie hält ihr Ohr dicht an den Apparat. Sie schaut sehr ernst.
An manchen Abenden sitzt Mutter vorm Küchentisch. Vor ihr liegt ein blaues Schulheft. Sie schreibt ihrem Mann Briefe an die Front. „Mein Liebster“, „Mein lieber A.“ oder „Mein Geliebter“ schreibt sie. Sie erzählt von ihren großen und kleinen Nöten, ihrem Leben im Haus mit den drei Kindern. Und immer wieder die Fragen: Wo bist du? Wie geht es dir? Ihre Bitte zu Gott um seinen Schutz im Kriegseinsatz beendet jeden Hefteintrag. Sie kann die Briefe nicht abschicken. Sie kennt den Einsatzort des jungen Soldaten nicht.
Erst Jahrzehnte später, nach dem Tod der Mutter, finden die Kinder das Heft.

In meiner Nase wartet ein Geruch, in meinen Augen ein Bild: Mutter steht im Schlafzimmer vor dem dreiteiligen Klappspiegel. Sie hat die langen, dunklen Haare streng gescheitelt und zu einem Knoten im Nacken gebunden. Die Strenge ist durch die Wellen im Haar gemildert, das mit einer Brennschere onduliert ist. Sie trägt eine weiße, kunstseidene Bluse, ein dunkelblaues Bolerojäckchen und einen gleichfarbigen Rock aus einem leichten Wollgeorgette. Eine zartgelbe Seidenblume schmückt die Bluse mit den unendlich vielen Knöpfen, die mit Stoff überzogen sind. Mutter schaut in den Spiegel und bewegt seine Seitenflügel. Was für ein Zauberspiel der Bilder! Eins, zwei, drei, vier – viele Male ist meine Mutter da. Trugbilder? Märchenspiegel?

Mutter nimmt ein seltsames Ding von der Waschkommode. Es ist ein Kristallflakon. Aus ihm biegt sich ein weicher Schlauch mit einem Gummiballon, gehüllt in feine Häkelspitze, hervor. Vorsichtig heben Mutters Hände das hellgrüne Gefäß in die Nähe ihres schlanken Halses. Mit leichtem Druck pressen Daumen und Zeigefinger den geheimnisvollen Ballon zusammen, und ein leichter Hauch von feuchtem Duft schwebt auf Mutter herab. Welch ein Wohlgeruch! Ich stehe ganz nah an Mutters Kleid. Sie nimmt aus einem umhäkelten Stofftäschchen ein Spitzentaschentuch, sprüht ein wenig von der geheimnisvollen Essenz darauf und reicht es mir. „4711“, sagt sie. Lautlos verschwindet das Batisttuch mit dem betörenden Duft in meiner Schürzentasche.
Mutter setzt einen Hut auf. Er hat eine große Krempe und ist mit einer Feder geschmückt. Sie streift einen Wollmantel über und knöpft ihn zu. Und nun geschieht es: Aus einem Karton im Kleiderschrank holt sie ein Ungeheuer hervor. Es ist wahrhaftig ein echter Fuchs. Ein leiser Schauer läuft mir den Kinderrücken hinunter. Wie kann Mutter sich das trauen! Sie legt sich diesen Fuchs um den Hals und klemmt den Schwanz vor ihrer Brust am Kopf des Tieres fest. Sie schaut zufrieden in den Spiegel. Der Fuchs ist tot. Aber seine Augen, die leben noch. Der rote Fuchs hängt an Mutters Hals. Und Mutter ist glücklich! Und sie duftet nach 4711! Wie passt das alles zusammen? Ein Schatten von Unruhe begleitet mich, als ich Mutters Schlafzimmer verlasse.

Riesig groß und prächtig stehen die Palme und die Linde auf roten Blumenhockern in der Fensterecke der Wohnküche. Sie schmücken das Zimmer und sind Mutters heiliger Wald. Den dürfen wir nicht durchstreifen. Allzu leicht wanken die Zimmerschönen und stürzen zu Boden. Und dann kommt auch für uns Kinder der Absturz.

Ich habe es erlebt.

Mit meiner Schwester bin ich durch den Wald getobt. Einen Streit mussten wir ausfechten. Dabei sind die Bäume zu Boden gefallen, und Mutter hat uns in die Hölle geschickt. Die liegt unter der Treppe. Es riecht dort nach Leder, Bohnerwachs und Schuhcreme. Und es ist stickeduster. Mutter hat die Tür der Hölle abgeschlossen. Weggesperrt! Mein Herz klopft laut. Ich spreche nicht. Ich habe Wut. Meine Schwester spricht auch nicht. Wie lange stehen wir stumm nebeneinander zwischen Schuhen, Bohnerbesen und Putzzeug? Irgendwann fragt Mutters Stimme: „Habt ihr euch vertragen?". „Ja", flüstern wir leise. Wir berühren unsere Hände. Mutter schließt auf. Es ist wieder hell. Langsam vergessen unsere Augen das Höllendunkel, und der Geruch der Schuhecke verschwindet aus unseren Nasen.

Es gibt Sonntagswörter: Chaiselongue, Buffet, Sauciere, Serviette, Terrine, Quaste, Bonbonniere, Dekor, Bukett. Sie gehören in das Wohnzimmer. Das ist die *Gute Stube.*

Hinter der gläsernen Korridortür mit ihrem Eisblumenmuster liegt sie, die *Gute Stube.* Sie verbreitet den Geruch des Erhabenen. In ihrer Mitte prangt der schwere, runde Tisch. Dickbeinig steht er zwischen den fünf Stühlen. Intarsienarbeiten aus Nussbaum zieren deren Lehnen. Hochglanz. Den gleichen Schmuck tragen Vaters Schreibtisch, der Schreibtischsessel und der Wohnzimmerschrank. Der

Schwager hat die herrschaftlichen Möbel hergestellt. Mutter ist stolz darauf, zumal noch ein passendes Nähtischchen die Einrichtung komplettiert.
Sechsmal in der Woche lassen wir die *Gute Stube* links liegen. Nur an besonderen Tagen wird dieser Raum mit Leben gefüllt. Das sind die Sonntage, die hohen Kirchfeste und die Familienfeiern. An diesen Tagen muss der Wohnzimmerschrank seine Schätze freigeben. Das *Gute Geschirr*, cremefarbenes Porzellan mit Goldrand, Silberbesteck und kostbare Sammeltassen dürfen für einen Tag auf dem Tisch Platz nehmen.
Anders ergeht es dem stolzen Porzellanhirsch und dem zweiarmigen Kerzenleuchter. Sie stehen hinter der gläsernen Mitteltür des Schranks auf einer Wolke von Spitzendeckchen. Prächtig ist ihr Anblick. Doch sie warten, dürfen nicht aus dem Schrank. Niemals! Der Porzellanhirsch darf nie brüllen. Die Kerzen dürfen nie brennen. Stumm und kalt stehen sie im Wohnzimmer-Schaufenster.
Links im Schrank, ein wenig versteckt zwischen Päckchen und Gläsern, steht die Bonbonniere. Was für ein Wort! Und welch ein Anblick! Die Schöne schwebt auf drei gläsernen Füßen. Zerbrechlich, kostbar. Unter ihrem Glasdeckel mit zartem Rosenknauf verbergen sich Pralinés. Sie warten darauf, gegessen zu werden. Schon lange. Doch wir naschen nicht. Wir wissen, was geschehen ist. Die Seife neben der Bonbonniere, noch in Weihnachtspapier verpackt, hat ihren Duft bis in die Pralinés hinein verströmt. Der Geschmack ist dahin. Schade!
Ganz oben im Schrank steht eine violette Alabasterschale mit Haarschleifen. Mutters Wohnzimmergesicht mag ich nicht, wenn sie am Sonntagmorgen diese Schale hervorholt. Sie scheitelt uns Mädchen die Haare und bindet eine große Schleife hinein. Mitten auf dem Kopf prangt das

weiße oder rote Ungetüm und ist weithin sichtbar. Mutter ist stolz. Mutter weiß, was schön ist. Mutter weiß, was wir leiden mögen. Wir müssen es leiden! Sind es Wuttränen, oder ziept das Haar so sehr, wenn Mutter uns die Sonntagsfrisur kämmt?

Aus dem Vergessen hole ich unseren geheimen Sonntagsplatz im Halbdunkel hervor. Er ist unser Schutzraum im Wohnzimmer.
Meine Schwester und ich sitzen unter dem Esstisch eng zusammen. Die kunstseidene Häkeltischdecke hängt mit ihrem langen Fransenrand fast bis zum Boden, und durch die Spitze hindurch erscheinen die seltsamen Netzgesichter der Mutter und der Tanten. Angstwörter fallen vom Tisch zu uns herab: Krieg, Verdunkelung, Fliegeralarm, vermisst, gefallen, tot. Wir hören, verstehen oder verstehen nicht, müssen nicht antworten. Wir verstecken uns. Wir nehmen die halbseidenen Fransen in die Hände und flechten Zöpfe, einen und noch einen und noch einen. Am Abend, als die Verwandten gegangen sind, hängt die prächtige Tischdecke mit ihren dünnen Seidenzöpfen trostlos im Wohnzimmer. Wir lösen die Zöpfe. Besuchszeit ist beendet. Erst in einer Woche wird man wieder im Prachtzimmer heizen.

Für die Wochentage gibt es einen Besucherstuhl in der Wohnküche. Er steht gleich links neben der Eingangstür. In Farbe und Form gleicht er den drei anderen Küchenstühlen. Cremefarben lackiert, Linoleumsitzfläche, Rückenlehne mit Quersprosse, schlichte Stuhlbeine. Aber seine Bedeutung! Für kurze Zeit am Tage nimmt auf ihm der Besucher Platz. Eine Tante, ein Onkel, eine Nachbarin, ein Freund schauen herein, lassen sich auf dem Stuhl gleich links neben der Tür nieder. Der Hut bleibt auf dem Kopf, der Mantel, geöffnet, bleibt an seinem Platz.
„Ich wollte nur vorbeischauen. Wie geht es? Was macht die Erkältung? Hast du schon gehört? Ich komme und bring es dir."
Der Besucher sitzt, erzählt, fragt, lacht oder weint und schwitzt. „Willst du nicht ablegen?" „Nein, ich muss weiter."
Jederzeit ist Besuchszeit. Nur kurze Zeit. Zehn Minuten, eine halbe Stunde, ein paar Mal in der Woche. Der Besucherstuhl wird besetzt. Bestimmt.

Es ist Winter 1942/43. Vater ist im Krieg. Es ist sehr kalt im ganzen Haus. In der Frühe wache ich auf und spüre in Mundnähe das steife Oberbett. Die Kälte hat die feuchte Atemluft gefrieren lassen. Durch das Fenster schimmert Dämmerlicht. Eisblumen sind über Nacht an den Scheiben

gewachsen und tauchen das Tageslicht in Nebelmilch. Ich gehe zum Fenster und berühre vorsichtig das Kristallmuster. Mit meinem warmen Atem hauche ich mir ein Guckloch, und ich schaue in den verschneiten Garten. Wie ein erstarrtes Gespenst hängt eine steif gefrorene Kittelschürze an der Wäscheleine.
Ich laufe durch das kalte Treppenhaus in die Wohnküche. Hier ist es warm. Mutter hat das Feuer angezündet. Sie steht am Herd und kocht eine Haferflockensuppe. „Wir haben kein Wasser. Die Wasserleitung ist zugefroren", sagt sie.
Mutter muss Wasser für den Tag heranschaffen. Sie steckt uns in dicke Mäntel, lange Strümpfe, Holzschuhe und wollene Mützen. An den Händen trage ich gestrickte Fausthandschuhe. Die Hände meiner Schwester stecken in einem Muff. Er hängt an einer Kordel um ihren Hals. „Darf ich einmal streicheln?" Langsam gleiten meine Hände über das weiche Kaninchenfell, aus dem der Muff geschneidert ist.
Mutter holt den Schlitten aus dem Keller, bindet Töpfe und Eimer darauf fest und setzt meine Schwester dazu. Mutter zieht den Schlitten die Straße entlang. Ich gehe neben ihr. Der kleine Bruder bleibt bei Greta, unserem Kindermädchen. Sie macht in unserem Haus ihr Pflichtjahr, eine staatliche Verordnung für alle Mädchen ab 14 Jahren.

Auf unserer Straße, 500 Meter entfernt von unserem Haus, ist ein Hydrant geöffnet worden. Viele Menschen stehen geduldig in einer langen Reihe. Wir stellen uns zu unseren Nachbarn und warten.
Die Menschenschlange kriecht langsam vorwärts. Schließlich können wir unsere Eimer und Töpfe füllen. Vorsichtig transportieren wir das kostbare Nass auf unserem Schlitten nach Hause.

Mein kleiner Bruder ist krank. Er liegt im Gitterbett und fiebert. Mutter ist sehr besorgt. Sie taucht Windeln in kaltes Wasser und wickelt sie um die zarten Waden des Kindes. Viele Stunden sitzt sie am Krankenbett. Vater ist im Krieg. Plötzlich schreit Mutter auf. Mein Bruder hat Schaum vor dem Mund. Seine Augen blicken starr. Mutter reißt das kranke Kind aus den Kissen, klopft auf seinen kleinen Rücken, trägt es aufgeregt durch den Raum. In ihren Augen sehe ich Todesangst. Nach einiger Zeit entkrampft sich das Kindergesicht. Mutter wird ruhig.
Am nächsten Morgen schickt Mutter mich zu Frau Stolle. „Hol Ferrum phosphor", sagt sie und reicht mir einen Zettel mit dem fremden Wort. Ich kenne das Haus in der Nachbarschaft, in dem man die kleinen, grauen Vierecksdöschen mit der *Biochemie* holen kann.
Ich laufe die Straße entlang zum Haus Nummer 70. „Eins, zwei, eins, zwei". Behutsam setze ich meine Füße auf den Plattenweg, der bis zur Haustür führt. Ich darf nicht auf die Linien treten, sonst stirbt mein kleiner Bruder. Ich schaffe es. Keine Linie berührt. Mein Bruder wird bestimmt gesund.
Als ich den dämmrigen Flur betrete, dauert es lange, bis sich meine Augen an das Halbdunkel gewöhnt haben. Frau Stolle, eine alte Frau in dunkel gemustertem Hauskittel, kommt mir entgegen. Ich reiche ihr den Zettel. Wortlos schlürft sie zu einem Regal in dem engen Hausflur, sucht und holt ein Kästchen hervor. Ist es das richtige? Am Fensterlicht vergewissert sie sich. Schließlich reicht sie es mir mit den kleinen, süßen Pillen.
Ich schaue sie an. Sie hat es gemerkt. „Möchtest du einmal hinein?", fragt sie mit tonloser Stimme. Ich nicke. Leise öffnet sie eine Zimmertür und – ich blicke in die Bastelstube des Weihnachtsmannes. Herr Stolle, der Ehemann der

Alten, baut Puppenstuben, Kaufläden, Pferde und Pferdewagen. Die bietet er dem Weihnachtsmann zum Kauf, so heißt es. Mit klopfendem Herzen schaue ich mir die Herrlichkeiten an. Was für eine Puppenstube! Und welch ein Kaufladen! Leise streife ich durch den Raum voller heimlicher Wünsche.
Auf dem Heimweg träume ich vom nächsten Weihnachtsfest. Meinen kranken Bruder habe ich vergessen.

Wenn ich eine Apfelsine öffne, rufe ich einen versunkenen Tag voller Kinderglück zurück. Aus dem Vergessen strömt fremdes, exotisches Aroma und füllt meine Nase mit köstlichem Duft.
Der Postbote hat ein Paket abgeliefert. Vater hat es von weither geschickt: Catania-Sizilien. Welch ein Name! Wo mag das sein?
Mutter legt mit ihrem Frohgesicht das Paket auf den Küchentisch, öffnet die Schnüre und das Packpapier. Sechs Kinderaugen verfolgen den Weg zu dem verheißungsvollen Inhalt. Ein fremder Duft strömt in unsere Nasen. Mutter hebt einen kleinen Ball aus der weichen Holzwolle in dem Paket. Zwei, drei, vier, fünf, und noch einer. In zartes, weißes Seidenpapier sind sie eingewickelt. Behutsam entfernt Mutter eine Papierhülle. Wie das leise knistert und raschelt. In ihrer Hand hält sie eine orangefarbene runde Frucht. „Darf ich anfassen? Lass mich riechen! Was ist das?“ Diese seltsam wächserne Haut mit ihren tausend kleinen Erhebungen! Wir streicheln die Schale, schnuppern. Mutter holt ein Messer hervor und öffnet vorsichtig die geheimnisvolle Frucht. Feiner, süßer Saft spritzt in unsere neugierigen Gesichter, so nah sitzen wir am Geschehen. Dieser Duft! Und dann der Geschmack. Ob Vater

wirklich im Krieg ist? Oder schickt er das Paket aus dem Paradies?
Es sind noch mehr Geschenke unter der Holzwolle verborgen. Vater hat an jeden gedacht. Für Mutter hat er eine schwarze Lederhandtasche ausgesucht. Mein Geschenk ist so einmalig, das kann nur aus dem Himmel kommen: Es ist ein rosafarbenes Steckkissen mit weißer Spitze umnäht. Darin liegt, engelsgleich, eine Puppe.
Catania-Sizilien: Das Wort klingt immer noch wie köstlich süßes Paradies.

„Komm, wir müssen zuschauen!" Meine Cousine Hannelore holt mich zu einer festlichen Veranstaltung des BDM auf den nahe gelegenen Sportplatz. Ihre großen Schwestern sind aktiv beteiligt. Sie sind älter als 14 Jahre und gehören deshalb zum Bund Deutscher Mädchen. Der große Platz ist voll von jungen Frauen in Uniformen. Sie tragen weiße Blusen, die an dunkelblaue Faltenröcke angeknöpft sind. Ein schwarzes Halstuch, gehalten mit einem braunen Lederknoten und weiße Kniestrümpfe komplettieren die feierliche Uniform. Wie sie dastehen in ihrer Einheitskleidung und mit ihren Zöpfen, Schnecken- oder Gretchenfrisuren! Würdevoll und ernst treten sie an in Reih und Glied. Das muss sehr wichtig sein, was hier vor sich geht.
Einige Mädchen beginnen leise, dann immer lauter kleine Trommeln zu schlagen. Tamburine und Triangeln stimmen ein, und im Gleichklang der Rhythmen beginnt die große Schar der jungen Frauen einen Reigen zu tanzen. Dabei schwenken sie mal bunte Bänder, mal Keulen oder Reifen. Sie zaubern immer neue Figuren von Farben und Formen vor unsere Augen. Wie geschmeidig ihre Bewegungen

sind! Wogenden Wellen gleich rollen die Reigen und gymnastischen Übungen über den Platz. Wir sind tief beeindruckt. „Wenn ihr 10 Jahre alt seid, geht ihr zur Jungmädchenschar, dann gehört ihr auch dazu“, erklärt uns stolz ein Mädchen in Uniform.

Maikäfer flieg,
der Vater ist im Krieg,
die Mutter ist in Pommernland,
Pommernland ist abgebrannt.
Maikäfer flieg!

Der Kinderreim, den wir singen, wenn Maikäfer im Garten und vorm Wald an der Recke zu unserer großen Freude auftauchen, singen wir unbekümmert und ohne Arg. Wir singen vom Krieg, wissen aber nicht, was das bedeutet. Doch der Krieg ist da. Stück für Stück zeigt er uns sein Gesicht. Langsam lernen wir ihn kennen. Er nimmt Platz in unserem Kinderleben.

Mutter muss an Luftschutzübungen teilnehmen. Sie erzählt uns von Verdunkelung. Was ist das? Als die Sirenen ihren Heulton in unsere Ohren stechen, rennt sie zu allen Fenstern. Sie schließt die Rollos, löscht das elektrische Licht und zündet eine Petroleumlampe oder Stearinkerzen an. „Ein Mann geht durchs Dorf und schaut nach, ob überall verdunkelt ist", sagt sie.

Mutter hat Gasmasken gekauft. Was sind das für Geräte? Wir müssen die Ungeheuer ausprobieren. Mein kleiner Bruder schreit laut auf, als Mutters Gesicht hinter der Totenfratze verschwindet. Sie reißt das Ding ab und nimmt den Kleinen tröstend in die Arme. Mutters Gesicht ist sehr ernst, und was sie erklärt, macht Angst.

Es ist Nacht. Aus tiefem Schlaf werden wir unsanft geweckt. Wir hören die Sirenen. Ihr durchdringendes Heulen wird vom Brummen der Flugzeuge abgelöst. „Zieht euch schnell an. Wir müssen in den Keller." Meine Schwester sitzt weinend vorm Bett. Sie findet ihre Kleidung nicht. Sie zittert. Mutter nimmt den kleinen Bruder aus dem Bett. „Schnell, schnell!" Es ist Nacht. Es ist kalt. Im Keller ist es noch kälter. Die Flugzeuge dröhnen. Mutter hat ein Panikgesicht.

Wir haben *Einquartierung*. Eine Frau aus dem Ruhrgebiet ist ausgebombt und wohnt jetzt im Zimmer oben unter dem Dach. Sie hilft Mutter im Haushalt. An einem Abend hören wir um 19 Uhr Nachrichten. Das Datum des Tages wird genannt. „Das ist ja mein Geburtstag! Den habe ich doch ganz vergessen", sagt plötzlich die Fremde. Den Geburtstag vergessen! Das ist unvorstellbar. Zum ersten Mal denke ich darüber nach, was diese Frau erlebt haben mag.

Der Postbote ist durchs Dorf gegangen. Im Nachbarhaus habe ich lautes Schreien gehört. Jetzt sitzt der alte Vater auf der Bank vor der Recke. Er wimmert leise! Sein

Schluchzen beugt seinen krummen Rücken tief hinab. Er hält einen Brief in der Hand. Sein Sohn ist gefallen.

Es gibt nur wenige Telefone im Dorf. Wichtige Nachrichten werden durch Frauen oder Kinder von Haus zu Haus gebracht.
Eine Unglücksbotin kommt zu uns. Sie teilt uns den Tod von Vaters Schwager mit. Er ist in Russland gefallen. Seine junge Frau erwartet das zweite Kind.

Tante Johanne bringt eine neue Schreckensnachricht. Der Bruder meiner Mutter ist in Russland vermisst. Mutter weint. „Das ist eine Hiobsbotschaft", sagt sie.

Tante Lisa, die jüngere Schwester meiner Mutter, kommt zu uns ins Haus vor der Recke gelaufen. Sie ist außer Atem. „Werner ist da, er hat unverhofft Fronturlaub bekommen", berichtet sie. Sie spricht lange mit Mutter. Als sie gegangen ist, erfahren wir, dass schon in ein paar Tagen die Hochzeit von Lisa und Werner stattfinden wird. „*Nothochzeit*, so nennt man solch eine Hochzeit im Krieg", sagt Mutter.
Die Trauung findet in der *Guten Stube* in unserem Haus vor der Recke statt. Mutter hat die Häkeldecke mit einer weißen Damasttischdecke getauscht. Sie stellt Blumen auf den häuslichen Altar und schmückt zwei Stühle mit einer Blütengirlande für das Brautpaar.
Die Gäste kommen, Verwandte, Freunde und Nachbarn. Der Pfarrer erscheint. Er trägt seinen Talar über dem Arm. In der Wohnküche legt er das schwarze Gewand und ei-

nen seltsamen, steifen Kragen an. *Beffchen* nennt Mutter den Halsschmuck. Schließlich betritt der Bräutigam Arm in Arm mit der Braut die festliche, kleine Stube. Eng ist es, und warm. Das Brautpaar nimmt Platz, die kleine Gemeinde singt, der Pastor redet. Ich schaue mir das wunderschöne Brautpaar an. Tante Lisa trägt ein weißes Spitzenkleid. Es reicht bis zu ihren zarten Riemchenschuhen. Sind sie aus Seide? Ein weißer Schleier, gehalten mit einem Myrtenkranz, lässt nur noch wenig von ihren Wellen im Haar hervorschauen. Wie wunderschön sie ist. Und dann der Soldat an ihrer Seite. Seine Uniform schmückt ihn, aber seine Haare, die gefallen mir noch besser. Er hat auch Wellen, so wie meine Tante. Doch seine, die sind echt!
Nach der Trauung geht die Hochzeitsgesellschaft die Straße entlang zum Heckenhaus, dem Großelternhaus mütterlicherseits. Dort ist eine große Kaffeetafel gedeckt.
Tante Lisa verschwindet für einen Augenblick im Schlafzimmer. Sie tauscht ihr weißes Hochzeitskleid gegen ein schwarzes Samtkostüm. Ihre Mutter hat es so gewollt. „Du gehst in einem weißen Kleid, und dein Bruder ist in Russland vermisst!“, – so hatte sie vorwurfsvoll und voller Trauer mit ihrer Tochter über die Kleiderfrage gesprochen.
Als am Abend das Fest zu Ende geht, spricht man vom Krieg und vom Abschied. Der junge Bräutigam muss schon in zwei Tagen zurück an die Front.
„Dieses Hochzeitsfest ist schwarz und weiß“, denke ich, „und das kommt vom Krieg.“

Auf einem Bauernhof im Ort wohnt eine aus den Ostgebieten verschleppte Russin mit ihren beiden Söhnen. Sie ist als Zwangsarbeiterin auf dem Hof eingesetzt. Die beiden Jungen dürfen die Schule besuchen. Man erkennt sie von

Weitem. Ihre Köpfe sind zu Glatzen rasiert. Mein Cousin Walter möchte den Sechsjährigen zum Spielen mit ins Elternhaus bringen. Das wird schnell unterbunden. Die Kinder dürfen sich nicht gegenseitig besuchen. „Das kann gefährlich werden", sagt die Mutter, „die Russen sind unsere Feinde, und mit Feinden darf man sich nicht anfreunden. So ist das jetzt."

Cousin Bernhard, er ist acht Jahre älter als ich, wird mit 14 Jahren Schlosserlehrling. Von morgens 7 Uhr bis abends 8 Uhr muss er eine Maschine bedienen, mit der Waffenteile hergestellt werden. „Räder müssen rollen für den Sieg." Das sagt man ihm. Als er mit 15 Jahren in die Hitlerjugend eintreten muss, so wie alle Jungen, wird er kurz darauf zum Einsatz abkommandiert. „Ich musste Leichen aus einem Graben schleppen", erzählt er später.

Tante Lisa aus dem Heckenhaus kommt zu uns gelaufen und berichtet, dass die Gestapo Großvater und Onkel abgeholt hat. Sie sollen Feindnachrichten gehört haben, so heißt es. Lisa fährt am nächsten Tag ins Gefängnis. „Ich will sehen, was ich tun kann", sagt sie. Nach zwei Wochen kommen Großvater und Onkel zurück. Sie schweigen. Sie erzählen nichts vom Gefängnisaufenthalt. Auch die anderen Erwachsenen reden nicht darüber. Es ist, als wäre es nicht geschehen.

„Unseren Pastor haben sie abgeholt. Die Predigt am letzten Sonntag bei der Konfirmation war nicht *klutenrein*!" Hinter vorgehaltener Hand macht diese Nachricht im Dorf die Runde.

Mutter und ich sind mit der Straßenbahn in die Stadt gefahren. Mutter will zur Putzmacherin. Ihr alter Hut soll umgepresst werden. Als wir über den Marktplatz gehen, marschiert eine Kolonne Soldaten die Lange Straße entlang. Ihre blitzsauberen schwarzen Stiefel und die braunen Uniformen beeindrucken mich tief. Das Hämmern der Stiefel auf dem Kopfsteinpflaster macht Angst, er sticht in die Ohren. Seltsam fremd sind auch die anderen Menschen. Als die Soldaten mit ihrer Fahne vorübermarschieren, heben sie ihre Arme zum Gruß. Auch Mutter hebt den Arm. „Fahnengruß", sagt sie.
Als wir zurück in unser Dorf fahren, ertönt der dreimalige Heulton. Fliegeralarm!
Aufgeregt verlassen die Fahrgäste die Straßenbahn und rennen zu einem nahe gelegenen Bunker. Zeichen an einer Mauer zeigen den sicheren Ort an. Zusammen mit vielen Fremden sitzen wir in dem unheimlichen Betonraum. Es riecht nach vielen Menschen, und die Angst kriecht durch den Bunker. Ich kann nicht atmen. Nach einer halben Stunde ertönt der lang anhaltende Ton für Entwarnung. Wir können den Bunker verlassen.

Auf unserem Dorffriedhof findet eine Beerdigung statt. Der Tote ist ein junger Soldat. Er ist der Familie in einem Sarg gebracht worden. Man tuschelt im Dorf. Ich frage Mutter, was mit ihm geschehen ist. Sie bedeutet mir zu schweigen. Wir Kinder stehen, wie oft bei Beerdigungen, auf dem kleinen Hügel oberhalb des Friedhofs und schauen zu. Es nehmen nicht viele Menschen an der Zeremonie teil. Später höre ich das Wort *Hinrichtung*.

Es ist das letzte Kriegsjahr, Herbst 1944. Ich werde eingeschult. Wie bin ich gekleidet? Habe ich eine Schultüte? Singen wir? Wer sitzt neben mir?
Nichts ist in meinem Gedächtnis zu finden außer der morgendlichen Begrüßung. Unsere Lehrerin zeigt uns den Hitlergruß. Auf Kommando müssen unsere Hände mit ausgestrecktem Arm hochfahren, und aus unseren Kehlen muss ein lautes *Heil Hitler* ertönen. Jeden Morgen: *Heil Hitler!*
Wir gehen nicht regelmäßig in die Schule. An vielen Tagen ist wegen Fliegeralarm kein Unterricht. Wenn die Sirene auf dem Schulgebäude aufheult, gehen wir Dorfkinder gelassen nach Hause. Wir ahnen nicht die Schrecknisse, die eine der Mitschülerinnen im Ruhrgebiet schon erlebt hat. Sie wohnt seit Kurzem bei ihrer Tante im Dorf. Wir können nicht verstehen, dass der Ton der Sirene sie in Panik versetzt. Mit zitternden Händen und angstverzerrtem Gesicht wirft sie Griffelkasten und Tafel in den Schulranzen und rennt wie gehetzt in ihr sicheres Zuhause.
Im Winter 1944 nehmen die Luftangriffe zu. Die Schulstunden werden immer weniger. Schließlich fällt der Unterricht ganz aus.

Eine Gruppe von Männern, angeführt von einem Soldaten, marschiert an unserem Haus vorüber in Richtung Front im Teutoburger Wald. „Das ist der Volkssturm“, sagt Mutter. Die Männer sind verletzt. Sie tragen Kopf- oder Armverbände, hinken, gehen an Krücken. Sie kommen aus dem Lazarett in Detmold und sollen den Feind aufhalten. Sie tragen Gewehre, Spaten oder Stöcke mit sich. Wir stehen am Straßenrand und schauen. Mutter ruft mich. Verstohlen reicht sie mir Brot und Äpfel. „Gib es ihnen, aber sei vorsichtig. Der anführende Soldat darf es nicht sehen." Ich gehe ein Stück neben den Verwundeten. Ohne ein Wort, ohne einen Blick schiebe ich Brot und Äpfel in fremde Hände.

„Sie haben die Jungen abgeholt. Soldaten in einem Rote-Kreuz-Lastwagen haben sie gezwungen einzusteigen." Im Dorf verbreitet sich die Schreckensnachricht in Windeseile. Unter den Jungen ist mein 15 Jahre alter Cousin. Als er am Ostermontag wohlbehalten zurückkommt, erzählt er, dass man den Jugendlichen weiße Armbinden mit der Aufschrift *Volkssturm* angelegt hat, bevor sie zum Fronteinsatz abtransportiert wurden. Vor Detmold entluden sie Bomben aus dem Lastwagen und fuhren danach Richtung Minden. Bei einem Zwischenstopp nutzten sie eine günstige Gelegenheit, die Truppe zu verlassen. *Fahnenflüchtig* wurden sie, so nannte man das.

Es ist Ostersonntag 1945. Mutter hat einen Osterkuchen aus Kartoffelmehl gebacken. Weizenmehl gibt es nicht.

„Die Front rückt näher. Die Amerikaner stehen schon vor der Gauseköte", so hören wir. Am Ostermontag wird unser Dorf vom Hirschsprung aus beschossen. Am Dienstag die Nachricht: „Es brennt auf dem Hahnberg. Und vom Steinstoß fließt Phosphor unsere Dorfstraße entlang. Das kann man nicht löschen."
Im Haus herrscht Hektik. Mutter holt die rote Fahne mit dem schwarzen Hakenkreuz im weißen Rund, zerschneidet sie und versteckt sie hinter einer geheimen Wandtür. Sie holt die Tasche hervor, die seit einiger Zeit bereit steht. „Papiere", sagt Mutter. Mit zitternden Händen packt sie Wäsche und Kleidung in einen Koffer und ruft uns

Kinder zum Kleiderschrank. „Zieht zwei Hemden und zwei Schlüpfer an. Darüber dann auch zwei Pullover und Röcke." Was ist mit Mutter los? Was soll der Unsinn? Wir ziehen einen Mantel über den ganzen Kram. Wie eng das ist! Wir sind eingeschnürt. Wir fühlen uns wie steife, dicke Teddybären, als wir zum Heckenhaus, Mutters Elternhaus, laufen.

Im Keller sind viele Menschen zusammengepfercht. Beinahe 30 Personen sind es. Großeltern, Tanten und Onkel Wilhelm, der vom Kriegsdienst befreit ist, Cousinen, Cousins und viele Nachbarn sind ins Heckenhaus gekommen. „Unser Keller liegt tief, der ist sicher", sagt der Onkel. Er weist jeder Familie ihren Platz zu. Wir müssen uns verstecken. Ich liege hinter einer Kartoffelkiste. Es riecht nach Moder und Fäulnis. Und es riecht nach Angst. Der ganze Keller ist voll davon. Sie kriecht durch meine Haut. Ich kann nicht atmen. Ich höre mein Herz. Es will zerspringen.

Der Onkel schiebt Kisten und schwere Möbel vor die Tür. Er hat ein Panikgesicht. Deutsche Soldaten wollen sich in unserem Keller verstecken. Der Onkel schreit laut: „Das geht nicht. Hier sind viele Kinder. Der Feind wirft eine Handgranate, wenn er euch hier entdeckt."

Meine Patentante Johanne und die große Cousine sind nicht im Keller. Sie kochen im Obergeschoss und bringen uns die Speisen. Auch für die Soldaten vorm Haus, die dort eine Flak bedienen, kochen sie eine warme Mahlzeit. Wir hören Maschinengewehre, Flakgeschütze und Flugzeugdonnern. Die ganze Nacht, ein Tag und noch eine Nacht sind voller Kriegslärm. Am nächsten Morgen ist es still. Wir verlassen den Keller und schauen von der Veranda aus auf die Straße. Ein toter Soldat liegt neben der Flak. Die Großen tuscheln: „Und er war noch so jung. Aber wir konnten ihn doch nicht ins Haus lassen!"

Der Sargtischler aus unserer Nachbarschaft kommt mit einem Leiterwagen. Er lädt den Toten auf die Ladefläche. Sein fünfjähriger Enkelsohn hilft ihm dabei.
In der Werkstatt des Tischlers stehen Särge bereit, die er in den letzten Kriegswochen gezimmert hat.

Es ist vorbei. Der Krieg ist aus. Wir können das Haus verlassen. Wir laufen auf die Straße. Amerikanische Jeeps fahren durch das Dorf. Die Feinde kommen näher. Oder sind es die Sieger? Wir gehen zurück auf die Veranda im Heckenhaus und winken mit weißen Tüchern. Die Erwachsenen sind froh. Sie lachen.
Ein Jeep hält vorm Haus, und ein dunkelhäutiger Soldat steigt aus. Er betritt wortlos Omas Wohnküche, schaut sich um, untersucht das Radio vorm Küchenschrank, sucht in Schubfächern und Kästen. Er entdeckt eine Taschenuhr und nimmt sie an sich. Oma protestiert energisch in plattdeutscher Mundart. Der Soldat, um ein Vielfaches größer und stärker als sie, schiebt das kleine Frauchen lachend zur Seite und geht. Die Uhr ist in seiner Hosentasche verschwunden.
Wir gehen mit Mutter zurück zu unserem Haus vor der Recke. Unterwegs erfahren wir vom Tod dreier Kinder in der Nachbarschaft. Sie sind beim Beschuss von Granatensplittern tödlich verletzt worden.
Unser Haus vor der Recke ist beinahe unversehrt geblieben. Nur zwei Einschüsse von Maschinengewehren haben ein Fenster zerstört. Gott sei Dank. Mutter hat endlich wieder ihr Frohgesicht.

Später hören wir, dass ein Arzt aus Detmold mit seinem Privatauto durch unser Dorf an die Frontlinie zur Gauseköte gefahren ist und die Übergabe der Stadt ohne Legitimation vollzogen hat. „Seine weiße Fahne und sein Mut haben Detmold vor Kampfhandlungen gerettet", heißt es.

Im Garten entdeckt Mutter ein eiförmiges Eisengebilde von einem halben Meter Durchmesser. Wir Kinder stehen neugierig neben dem Fremdkörper und rätseln. Was ist das Unbekannte? Als Mutter versucht, das Ding von seinem Platz zu entfernen, schreit der Nachbar entsetzt: „Nicht berühren, das ist ein Blindgänger!"
Am nächsten Tag kommen fremde Männer in den Garten. Sie befestigen ein Seil an der noch scharfen Granate und transportieren sie vorsichtig in den nahe gelegenen Bach. Dort wird sie entschärft. Wir Kinder sitzen hinter den Fensterscheiben und schauen zu.

Nach Kriegsende begleite ich Mutter zum Bürgermeisteramt. Der Nazi-Bürgermeister ist verhaftet worden. Die Besatzer haben einen neuen Bürgermeister ernannt. Im Gemeindebüro muss Mutter ihre Finger, einen nach dem anderen, mit einem schwarzen Tintenkissen einfärben und dann auf einer Kennkarte abdrücken. „Das ist jetzt ihr Ausweisersatz", sagt die Angestellte.

Ein Bruchstück von einem Vaterbild aus der Vorkriegszeit liegt in mir wohl verwahrt: Mutter und ich sind in einem großen, fremden Gebäude. Mein Vater sitzt ganz hoch oben auf einem Drehstuhl. Er ist so groß, und ich bin so klein. Vater lacht und hebt mich hoch auf seinen Schoß.
Vier Jahre später, mit sieben Jahren, lerne ich meinen Vater endlich kennen.
Es ist Sommer 1945. Der Bruder meiner Mutter, Onkel Wilhelm aus dem Heckenhaus, hat auf einem gepachteten Feld Getreide geerntet. Einen Teil davon will er seinen Schwestern zukommen lassen. Heute soll der Weizen bei einem Bauern gedroschen werden. Mutter, Onkel und Tanten helfen dem Bauern den ganzen Tag. Dafür wird dann am Ende des Tages auch die Fuhre vom Onkel gedroschen. Wir Kinder sind, je nach Alter, mit eingespannt. Wir reichen Getreidegarben auf dem Fuhrwerk weiter. Die Großen stopfen sie in die ratternde und ewig hungrige Dreschmaschine. Der Lärm ist unerträglich. Es ist heiß. Es staubt. Wir husten und die Haut juckt. Die Großen schreien, schimpfen, geben Befehle. Ich kann nicht mehr atmen.

Da kommt eine Nachbarin gelaufen. Sie ruft in den Lärm hinein: „Euer Vater kommt zurück. Man hat ihn am Wald gesehen.“ Ich bringe Mutter die Nachricht. Sie wirft die Forke zur Seite, ruft uns Kinder und läuft mit uns nach Hause. Oder sind wir geflogen?

Vor unserem Haus steht ein Mann in einem grauen Militärmantel. Sein schmaler Hals steckt in einem weiten Kragen. Seine tief liegenden Augen strahlen. Mein Bruder läuft zu dem Fremden und schlägt den Mantel zurück. Er schaut nach den Beinen. Der Mann *hat* Beine! Mein kleiner Bruder ist entzückt.
Am späten Abend nimmt der Fremde ein Bad. Die Wanne steht in dem kleinen Badezimmer neben der Wohnküche. Mutter heizt den Ofen mit Holz an. Wir Kinder schauen zu, als der Mann die schmutzige Kleidung ablegt und in das warme Wasser steigt. Er seift sich ein, planscht und prustet. Drei Kinder stehen vor dem Mann in der Wanne. Er lacht mit uns. Mutter strahlt und lacht auch. „Das ist Vater", sagt Mutter.
Das Leben mit Vater beginnt.

Mein Vater stammt aus der Doppelhautfamilie. Er fühlt mit zwei Häuten. Man sieht es in der Mitte seiner Augen. Manchmal ist die Mitte leer. Das ist die Finsternis.
In den fröhlichen Vaterzeiten sind seine klugen Augen lebendig überflutet mit Licht. Ein verschmitztes Lächeln verrät, dass er übermütig fröhlich ist. Mit seiner sanften Stimme erzählt er, singt, liest vor. Eigene kleine Geschichten und Gedichte erfindet er für die vielen Familienfeste. *Dichteritis* nennt Vater das, wenn er seine Verse vorträgt.

An jedem frühen Sonntagmorgen steigen wir Kinder aus unserem Schlafraum im Obergeschoss ins Ehebett unserer Eltern. Heute hat Vater Zeit für uns. Er erzählt uns *seine* Geschichten. Ort der Handlung ist unser Garten, das kleine Waldstück vor unserem Haus, unser Dorf. Zauberwälder und Paradiesgärten entstehen vor unseren Augen, Tiere und kleine Menschen werden lebendig, bestehen Abenteuer. Vater macht uns lachen und weinen, wenn er mit uns in seine Geschichtenwelt eintaucht. Auch die *Grimmschen Märchen* erzählt er. Wie traurig ist unser kleiner Bruder, wenn Rotkäppchen gefressen wird! Vater aber rettet Rotkäppchen und den kleinen Bruder ganz schnell aus ihrer Not. Rotkäppchen springt aus dem Wolfsbauch und Vater aus dem Bett. Er singt ein Lied. Wir drei krallen unsere kleinen Hände in sein weißes Nachthemd und laufen mit fröhlichem Geheul im Gänsemarsch durch die Wohnung.

„Gehen wir heute zur *Vogeltaufe*?" fragt Vater. Wie an vielen Sonntagen macht er einen Vorschlag für einen gemeinsamen Ausflug. *Vogeltaufe*, was für ein Wort! Der gleichförmige Lauf der Woche wird unterbrochen, ein Abenteuer beginnt. Mit blitzenden Augen und geheimnisvoller Stimme spricht Vater von dem Ort, den wir aufsuchen wollen. In einer einstündigen Wanderung erreichen wir eine Lichtung, die hoch oben auf einer Bergkuppe des Teutoburger Waldes liegt. Hier ist ein großer Stein mit einer eingemeißelten Szene aufgestellt. Vater zeigt uns das Relief und fabuliert in bunten Bildern die Geschichte einer Vogeltaufe. Wir singen das Lied von der Vogelhochzeit und gehen nach einer Brotpause zurück nach Hause. Oder kehren wir noch in ein Gasthaus ein, um eine Limonade zu trinken? Mit einem Strohhalm schlürfen wir rosa *Sissi*, bis es in unseren Nasen kribbelt. Das ist ein prickelnder Abschluss unseres Sonntagsausflugs.

Unsere Ausflugsziele heißen Gauseköte – Schwarze Hand – Mordkuhle – Externsteine – Hermannsdenkmal – Silber-

mühle – Geisterschlucht – Falkenburg – Hirschsprung – Adlerwarte – Bärenstein.
Was sind das für Namen! Sie drehen aufregende Filme in unseren Kinderköpfen, und Vater fügt seine Geschichten hinzu.

Es ist Winter. Ich liege im Bett meiner Eltern. Ist die Schlafzimmertür geschlossen? „Lass einen Spalt offen!" Es ist dämmrig im Raum. Die dünne Lichtsäule in der Ritze tröstet. Ist es Tag oder Nacht? Über mir schwankt die Schlafzimmerlampe aus Alabaster, gelb, weiß. Wolkige Schafsköpfe lugen daraus hervor. Sie kommen, sie gehen. Aus den Tapeten wachsen Schlingpflanzen. Sie haben Köpfe. Sie machen Angst. Ich will aufwachen. Ich kann nicht. Höllisch heiß ist mein Bett.
Auf meiner Brust liegt ein Stein. Unendlich schwer! Ich will ihn zur Seite schieben. Es gelingt nicht. Meine Arme sind lahm. Ich verschwinde, falle heraus aus Tag und Nacht. Ich tauche in eine Zwischenwelt, schwebe, versinke.
Mutters Stimme holt mich zurück. Mit kaltem Wasser getränkte Tücher sind um meine Waden gewickelt. Vater sitzt an meinem Bett und streichelt mich.
„Lungenentzündung und Rippenfellentzündung", höre ich später, als das Fieber nachgelassen hat. Jetzt beginnt die *schöne* Krankenzeit. Mutter und meine Patin bringen Stoffreste, Fäden, Schere und Nadel. Ich nähe eine Puppe. Vier Wochen muss ich das Bett hüten, und vier Wochen lang bin *ich* der Mittelpunkt der Familie.

Mutter ist in die Stadt gefahren. Wir Kinder sind allein zu Haus. „Pass gut auf, dass nichts passiert!“, hat Mutter zu mir gesagt. Ich bin die Große.
Wir spielen *Mutter und Kind*. Meine Puppe liegt im Korbwagen, die meiner Schwester im hölzernen Bettchen. Unser kleiner Bruder sitzt auf dem Schaukelpferd. Alles ist gut.
Die hellgrüne Porzellanuhr an der Wand tickt. Tick, tack, tick, tack. Sie tickt lauter, seit Mutter fort ist, und ihre Zeiger gehen langsamer als sonst. Die Puppen und das Pferd werden müde.
„Ich mache mir ein Zuckerbrot.“ Meine Schwester schiebt einen Stuhl vor den Küchenschrank und steigt hinauf. Mit aller Kraft zieht sie das Schneidebrett hervor, das im Schrank unter den Besteckschubladen fest verankert ist. Aus dem emaillierten Kühlfach rechts im Schrank holt sie das Graubrot, schneidet mit dem großen Messer eine Scheibe ab und legt sie auf das Arbeitsbrett.
Die Butter steht im linken Schrankfach, und in der Glasschütte darüber ist weißer Zucker. Vorsichtig streicht meine Schwester Butter auf das Brot und streut Zucker darüber.
„So etwas will ich auch!“ „Ich auch!“ Genüsslich schlecken wir unsere Zuckerbrote und streifen die süßen Fettfinger an unseren Schürzen ab. Was wird Mutter zu unserem Naschen sagen? Vorsorglich fegen wir die Zuckerkrümel vom Fußboden.
Wann kommt Mutter zurück?
Die Uhr tickt. Tick, tack, tick, tack! Langsamer, immer langsamer bummeln die Zeiger. Die Zeit tropft aus der Küchenuhr. Schließlich steht sie still.
„Ich gehe nach draußen und warte dort!“ „Ich auch!“ „Ich auch!“
Wir drei sitzen eng aneinander gedrückt vorm Zaun am Ende des Gartens. Wir schauen von oben auf die Teerstra-

ße, recken unsere Hälse. Wann kommt die Straßenbahn? Wir warten. Stumm. Gelangweilt stoßen unsere Füße gegen kleine Erdhaufen, und unsere Hände formen Lehmkugeln. Der kleine Bruder macht nicht mit. Sein Nuckeldaumen steckt im Mund.

Wann kommt Mutter?
Unsere Ohren warten auf das Geräusch der Bahn. Unsere Augen laufen die silbrig glänzenden Eisenstränge hinunter bis zur nächsten Straßenbiegung. Von dort muss die Elektrische kommen.
Endlich! Wir hören das schrille Bimmeln und sehen den hellgrünen Zugwagen mit dem Anhänger! Langsam, dann immer schneller kriecht die Straßenbahn heran und hält mit lautem Quietschen an der Haltestelle *Badeanstalt*. Männer, Frauen und Kinder steigen aus.
Und Mutter? Da! Mutters rotbrauner Hut! Den trägt sie bei ihren Fahrten in die Stadt. Mutter überquert die Straße und kommt den kleinen Hügelweg hinauf zu unserem Gartentor. Wir laufen zu ihr, hängen uns an ihre Hände und Arme, streicheln vorsichtig ihre Einkaufstasche. Lachend klickt Mutter die Metallschließe der Tasche auf und holt, wie immer, eine Bäckertüte mit *Lemgoer Strohsemmeln* hervor. Für jeden gibt es eine. Wir schnuppern, pulen die letzten Strohreste von der Unterseite und stopfen uns das süße Gebäck in die lachenden Münder.
Die Küchenuhr tickt ihren Takt, der Tag geht seinen Gang. Mutter ist wieder da.

Es ist der 10. November, *Sünte Märten*. Das ist der Geburtstag von Martin Luther. Wir Kinder haben uns lange

auf diesen Tag vorbereitet. Aus Papier und Pappe haben wir uns Masken gebaut. Ein einfaches Viereck oder Rund bekam Augen- Nasen- und Mundeinschnitte. Mit selbst hergestelltem Klebstoff aus Mehl und Wasser haben wir versucht, sie mit bunten Papierschnitzeln zu schmücken und ausdrucksstark zu gestalten. „Sie soll komisch sein, nein, gruselig, oder doch lieber freundlich und lieb?" Wie schön wäre es, wenn wir sie auch bunt bemalen könnten. Doch die billigen Holzbuntstifte brechen ab und geben nicht viel Farbe her.
Am Abend, als es zu dunkeln beginnt, können wir uns endlich verkleiden. Wir binden unsere Masken mit Bändern vor das Gesicht und dekorieren unsere kleinen Köpfe mit Hüten, Schals und Tüchern von Mutter und Vater. In der Hand halten wir eine bunte Laterne. Die konnte man in diesem Jahr im Kolonialwarenladen kaufen. Wir zünden die Kerzen in unseren Papierlampen an und gehen hinaus auf die Straße. Es gibt keine Straßenlaternen, die uns den Weg erhellen. Es ist kalt und dunkel. Wir hören ein Sirren in der Luft. Die Stromkabel zwischen den Masten am Straßenrand singen ein unheimliches Lied. Trauen wir uns, durch das Dunkel zu gehen? Wir halten uns fest an den Händen und machen uns Mut. „Schaurig und schön ist es", sagt die Schwester.
Kleine Grüppchen von vermummten Kindern kommen uns entgegen, laufen zu den Haustüren und singen ihr Lied. Wir schließen uns einer Gruppe an und singen mit.

Sünte Märten, cheo Mann	Sankt Martin, guter Mann
Der us woll wat chiven kann	Der uns wohl was geben kann
Äppel oder Bern	Äpfel oder Birnen
Nötte ett we chern	Nüsse essen wir gerne

Eine Frau kommt aus dem Haus und hält eine Schüssel mit Süßem vor ihrer Brust. Sie legt einen Apfel, eine Birne oder Nüsse in unsere Leinensäckchen. Oder ist es diesmal sogar ein Karamellbonbon? Wir laufen von Haus zu Haus! Niemand erkennt uns, so gut sind wir verkleidet. Darauf sind wir stolz. Leider ist der Weg so schlecht zu finden, dass wir mit unserem Schlickersack im nassen Straßengraben ausrutschen. Mühsam sammeln wir unsere süßen Schätze wieder ein. Der Wind hat die Kerzen in den Laternen gelöscht, unsere Schuhe sind durchnässt.
Zu Hause warten die Eltern auf uns. Die Wohnküche ist spärlich beleuchtet. Es ist Stromsperrstunde. Das E-Werk schaltet nur für einige Stunden am Tag den Strom ein. Vater hat die Petroleumlampe angezündet. Mutter setzt uns vor den Küchenherd und wir halten unsere kalten Füße in den warmen Backofen. Wir öffnen die Ofentür und schauen dem flackernden Feuer zu. Uns wird wohlig warm.

Macht hoch die Tür, die Tor macht weit.
Es kommt der Herr der Herrlichkeit.
Sein Königskron ist Heiligkeit,
Sein Zepter ist Barmherzigkeit.
All unsre Not zum End er bringt.
Derhalben jauchzt mit Freuden singt.
Gelobet sei mein Gott,
Mein Schöpfer reich von Rat.

Die Adventszeit beginnt, wie in jedem Jahr, mit dem Lied Nr. 1 im evangelischen Gesangbuch. Mutter hat einen grünen Tannenkranz gebunden, ihn mit vier Kerzen geschmückt und mit roten Bändern an einem hölzernen, rot bemalten Ständer befestigt. Sie entzündet die erste Kerze. Nur eine darf es sein. Erst am nächsten Sonntag kommt die zweite hinzu. Vater stimmt den Choral an, der zum Ersten Advent gehört. An jedem Adventssonntag gibt es ein anderes Lied. *Es kommt ein Schiff geladen*, dann folgt *Maria durch ein Dornwald ging*. Erst am Heiligen Abend singen wir *Fröhlich soll mein Herze springen* und *O du fröhliche*.

Die Adventszeit ist voller Rituale. Wir backen Plätzchen, einen Weihnachtsstollen, basteln ein Knusperhäuschen. Am Vorabend des Nikolaustages stellen wir einen Schuh auf die Fensterbank. Am nächsten Morgen ist er gefüllt mit süßen Überraschungen. Vater und Mutter verstauen geheimnisvoll Päckchen und Pakete. Wir Kinder basteln, häkeln, stricken und malen kleine Geschenke. Wir sind voller Vorfreude.

Der Heilige Abend ist der Tag, auf den wir hinleben. Wir Kinder sind aufgeregt. Vater und Mutter haben zu tun. Es ist ein Rennen und Rufen im Haus. Am späten Nachmittag, nach übermütiger Freude und Lachen, nach kleinen Unfällen, Schimpfen und Tränen, bereitet sich die Familie auf den Gottesdienst vor. Endlich gehen Vater und Mutter mit uns Kindern in festlicher Sonntagskleidung zur Kirche nach Heiligenkirchen. Haben wir das Gesangbuch mitgenommen? Die Lieder, die wir singen, kennen wir. Aber alle Verse? Es ist besser, wir haben das Gesangbuch dabei. Man trifft sich in der Kirche. Man grüßt mit einem Kopfnicken nach rechts und links. Man stellt sich in die Kirchenbank, schließt die Augen und spricht ein Gebet. Welches Gebet? Mutter bewegt die Lippen nicht. Vater schaut ernst drein. Wir setzen uns. Wir sitzen zwischen Vater und Mutter. Es ist eng. Sehr viele Menschen strömen in den Raum. Ein Lodenmantel sitzt links vor mir in der Kirchenbank. Er riecht nach Mottenpulver. Ich kenne ihn nicht. Ich kenne doch sonst alle, die zum sonntäglichen Gottesdienst kommen. Aber heute ist Heiliger Abend, da erscheinen alle Dorfbewohner. Man tuschelt: „Hast du den Mantel mit dem Pelz gesehen? Wie *die* sich das nur leisten kann.“ „*Der* sieht ja vielleicht schlecht aus. Ob er wohl krank ist?“ „Und schau da, da kommen *die* vom Rittergut. Sie sitzen wie immer auf *ihren* Plätzen.“
Der Gottesdienst beginnt mit dem Eingangschoral *Macht hoch die Tür*. Schräg vor mir erschallt der Gesang besonders laut. Ach ja, die Stimme kenne ich, sie treibt jeden Sonntag den lahmen Gesang der Gemeinde an. *Ecksänger* nennen

wir den Stimmgewaltigen. Meine Schwester stupst Vater an. Sein Gesang ist ihr auch zu laut. Peinlich.
Im Chorraum steht eine große Fichte. Sie ist mit Kerzen, Strohsternen und Lametta geschmückt. Wie dieser Christbaum dasteht, in seinem Glanz! Ich vergesse die unerträgliche Enge, die Gerüche von Mottenpulver, Leberwurst und Pickert. Ich versinke ins Träumen.
Die Orgel, der Pfarrer, die Gemeinde, singen, aufstehen, murmeln, hinsetzen, sprechen und zuhören. Zuhören? Es dauert so lange. Wir Kinder werden kleiner und kleiner in der harten Bank. Wir rutschen vor und zurück. Mutter ermahnt zur Ruhe. Kein Wort dürfen wir sagen. Wenn doch endlich das *Oh du fröhliche* käme. Das ist der Schluss.
Vorher noch einmal ein Höhepunkt: Männer gehen mit Stoffbeuteln an langen Stangen durch die Kirche und halten sie jedem einzelnen Gottesdienstbesucher hin. Klingelbeutel nennt man diese schwarzen Apfelpflücker ohne Zacken, das weiß ich von Vater. Wir holen unser Geldstück aus der Manteltasche und werfen es feierlich in den Geldbeutel, so wie die Großen. Und nun kommt endlich der Schlussgesang. Voller Inbrunst singen wir „Oh du fröhliche“ und denken derweil an die fröhliche Bescherung, die uns zu Haus erwartet. Schließlich geht es um ein Gabenfest.
Der Heimweg dauert eine halbe Stunde, Begrüßungen von Freunden und Verwandten eingeschlossen. Doch auch zu Hause müssen wir noch einmal warten. Die Mahlzeit mit Rindfleischbrühe und Brötchen dauert zum Glück nicht lange. Endlich ist es soweit. Vater verschwindet in der Weihnachtsstube.
Nach kurzer Zeit erklingt seine Tenorstimme. Sie ist klar und voller Schwung. „Ihr Kinderlein kommet“ singt er mit seiner weichen Stimme. Hat er etwa zu hoch angestimmt?

Himmel, das ist ziemlich hoch. Wir singen das Lied, alle Verse.
Der Weihnachtsbaum erstrahlt. Er ist mit roten Kerzen, weißen Papiersternen, Silberkugeln und Lametta geschmückt. Hoch oben auf seiner Spitze sitzt, wie in jedem Jahr, die Nachtigall. Wie sie glitzert in ihrem Silberglanz!
Wir haben das Lied beendet, und jetzt, jetzt endlich können wir unsere Geschenke betrachten. Was hat uns der Weihnachtsmann gebracht? Neben dem *Süßen Teller* sitzt meine Puppe in einem neuen Kleid. Die Puppe war in der letzten Woche verschwunden. Strahlend nehme ich sie in die Arme. Da ist noch ein Geschenk: Ein Puppengeschirr aus zartem, weißen Porzellan. Wunderbar!
Wir gehen gemeinsam in das Heckenhaus, um den Großeltern und der gesamten Verwandtschaft ein schönes Fest zu wünschen. Man tauscht kleine Geschenke aus: ein gutes Stück Seife, ein Pfund Kaffee, Kölnisch Wasser, ein umhäkeltes Taschentuch. Was hat meine Cousine Erika bekommen? „Wir sind so viele Kinder. Da bekommen wir drei Kleinen zusammen ein Geschenk, das ist anders als bei euch", sagt sie.
Der Vater hat für sie eine Puppenstube gebaut.

Vater kommt von der Arbeit heim. Es ist später als gewöhnlich. Er hat Überstunden gemacht, denn in der Sparkasse ist der Jahresabschluss fällig. Vater sagt kein Wort. Er schaut uns nicht an. Seine Augen sind leer. Vater läuft unruhig im Raum auf und ab. Er ordnet hier und da. Er sieht uns Kinder nicht. Mutter ist stiller als sonst. Die Luft im Haus reicht nicht zum Reden. Ich kann nicht atmen. So geht das schon seit einigen Tagen. Am nächsten Morgen

steht Vater nicht auf. Wir gehen zu ihm an sein Bett. Er weint. „Es geht ihm schlecht“, sagt Mutter.
Irgendwann steht Vater wieder auf. Er ist gesund. Er spricht mit uns. Er lacht mit uns. Bald wird er wieder, wie in jedem Frühjahr, das Wachsen seiner drei Kinder mit einem Zollstock ausmessen und am Regenwasserrohr dokumentieren. Viele Jahreszahlen, Maße und unsere Namen sind auf dem Rohr zu sehen, und jedes Jahr kommen neue Größenangaben hinzu. Wachsen und Gedeihen! Die kleine Familie feiert mit ausgelassenem Singen und Lachen.

Manchmal gibt es einen Tag im Monat, an dem halten wir den Atem an. Auch Vater. „Migräne“, sagt er, wenn er aus dem abgedunkelten Schlafzimmer kommt. Mutter liegt im Bett. Sie steht nicht auf. Wir Kinder huschen durch die Wohnung, wissen nicht, was wir spielen sollen. Vater bringt Tee und Zwieback an Mutters Krankenbett. Sein Lachen und seine Späße sind verstummt. Hilflos besorgt regelt er den Tag, schafft dies und jenes im Haushalt. Am nächsten Morgen steht Mutter wieder auf. Sie spricht nicht viel. Wir müssen raten, was sie denkt. Das kennen wir schon. Es wird sich geben. Bestimmt. Wir können wieder durchatmen.

Unsere Nachbarin zur Rechten, Berta, ist für Neuigkeiten zuständig. Sie hat einen Hochsitz. Das ist der winzige Toilettenraum auf der halben Treppe zwischen zwei Stockwerken ihres Hauses. Sie sitzt oft und lange dort und schaut in unsere Wohnküche und unseren Garten. Aufmerksam bewacht sie unser Haus, weiß, wer ein- und ausgeht, ermahnt zu anstehenden Arbeiten, weist uns zurecht, wenn wir das Gartentor nicht geschlossen haben. Sie hat ein Auge auf uns. Vater sagt: „Zwei Augen".

Berta kommt oft herüber zu Mutter. Sie leiht sich eine Backform aus, bittet um ein Päckchen Backpulver. Auch Mutter leiht sich bei ihr aus. Und sie findet bei ihr ein offenes Ohr, wenn Hilfe nötig ist. „Das ist gute Nachbarschaft", sagt Mutter.

Berta hat großen Kummer. Ihre jüngste Tochter Ursula hat einen schweren Unfall gehabt. Sie durfte, anders als ihre Mitschülerinnen, mit der Straßenbahn zur Schule fahren. An einem Morgen passiert das Unglück. Die Bahn fährt an, Ursula rutscht vom Trittbrett und gerät unter die Räder. Ihr rechter Fuß ist zerquetscht. Er muss amputiert werden. Viel Zeit vergeht, bis Ursula aus der Klinik entlassen wird. Wir Nachbarkinder stehen erregt und stumm neben ihr, wenn sie den Verband abnimmt und uns die Wunde zeigt. Ein dünner, roter Stumpf mit vielen Narben ist da, wo sonst ein springlebendiger Fuß sitzt. Wir sind entsetzt, und wir staunen. Von jetzt an schaut Ursula aus dem Fenster, wenn wir auf der Straße mit unseren Bällen spielen oder mit unseren Schlitten durch die Recke zum Rodeln fahren.

„Frau Beck hat auch ihr Päckchen zu tragen", sagt Mutter von unserer Nachbarin zur Linken. Das *Päckchen* ist ihre Tochter, die seit ihrer Geburt gelähmt ist. Sprachlos stehe ich neben der Sportkarre, in der die Sechsjährige liegt. Ihre lahmen Füße ragen über den Rand des Gefährts hinaus, ihr Kopf liegt reglos auf einem Kissen. Hin und wieder wandern die Augen hin und her. Kann sie mich sehen, vielleicht sogar hören? Frau Beck spricht liebevoll mit ihrem *Päckchen*. Neun Jahre lang. Dann stirbt ihr Kind. Beim sonntäglichen Gang über den Friedhof laufe ich zu dem Kindergrab. Es ist so klein.

Der verschließbare Fotokasten meiner Eltern ist aus Nussbaum gefertigt. Intarsienarbeiten mit der Inschrift *Erinnerungen* zieren das kostbare Werkstück, ein Geschenk des Schwagers zur Hochzeit.
Der Kasten ist gefüllt mit alten Fotos. Sepiabraun und schwarzweiß. Unter ihnen entdecke ich ein frühes Bild meiner Eltern. Das junge Paar sitzt auf einer Holzbank vorm Elternhaus meines Vaters inmitten eines Blumengärtchens mit seinen üppigen Stockrosen, den Flammenden Kätchen, Tränenden Herzen und Vergissmeinnicht. Ein hölzerner Staketenzaun umgibt den kleinen Vorgarten, direkt neben dem großen Eingangstor des 300 Jahre alten Fachwerkhauses.
Hier ist mein Vater zusammen mit seinen Eltern, zwei Schwestern und fünf Brüdern aufgewachsen. Der älteste Bruder ist im Ersten Weltkrieg 1914 seinen Kriegsverletzungen erlegen, ein Bruder starb ein paar Tage nach seiner Geburt, ein weiterer Bruder ist in Russland gefallen.

Vaters Elternhaus. Was für ein Spielfeld für uns Kinder aus einem kleinen Einfamilienhaus! Das ist ein Rein und Raus, ein Auf und Ab in Stuben, Kammern, Ställen, Böden, Kellern und Treppen. Ein Eingangstor, in das ein Leiterwagen passt, eine riesige *Deele*, deren Fußboden aus Lehm besteht, zur Linken der *Deele* die Ställe für Schafe, Ziegen und Schweine, daneben der *Aftritt*, das ist das Plumpsklo. Geradeaus und rechts liegen sechs kleine Räu-

me. Aufgepasst, über die Türschwellen kann man leicht stolpern.
Eine mächtige Eichentreppe mit geschnitztem Treppengeländer führt von der *Deele* nach oben. Sie ist für uns Kinder zum Klettern, Rutschen und Springen wie gemacht. Ihre Verlängerung nach links ist eine hölzerne Luftbrücke. Vater sagt dazu *Galerie*. Von hier aus geht man in die Schlafkammern oder steigt eine Stiege hinauf zum Heuboden.
Die Galerie ist unsere Aussichtsplattform. Andächtig stehen wir hinter dem Geländer und schauen zwischen dessen Stäben hindurch. Schwalben fliegen ein und aus. Ihre Nester kleben wie halbe Lehmtassen an den Deckenbalken. Eifrig füttern sie ihre gierigen Jungen und verjagen im Sturzflug die feindliche Katze. Das alles ist zum Greifen nah.
Im Obergeschoss, unter einer Dachschräge, liegt die *Bühne*. Das ist ein besonderer Raum. Er birgt Schätze. Man kann sie schon auf der Treppe erschnuppern. Tante Rieke zeigt uns die geräucherten, prallen Würste, die auf langen Holzstangen hängen. Seit gestern ist hier der Räuchervorgang abgeschlossen. In einem kleinen Eisenofen liegt graue Asche. Das ist der Rest der Sägespäne, die einige Tage lang glimmen mussten, um Rauch im ganzen Raum für die Wurstwaren zu erzeugen. Ein beißender Geruch liegt noch in der Luft. „Ein Stück für Vater“, sagt Tante Rieke und schneidet von der frisch geräucherten Mettwurst ab.

Tante Rieke ist Vaters jüngste Schwester. Sie war mit einem Tischler aus Österreich verheiratet, der als Wandergeselle in der Tischlerei ihres Bruders im Nachbargebäude gearbeitet hat. Er ist 1944 in Russland gefallen, als sie ihren zweiten Sohn erwartete.
Tante Rieke versteht viel. Sie versteht auch unsere Kinderwünsche.

In der Arbeitsküche steht ein seltsamer Apparat. Seinen Namen müssen wir lernen. *Zentrifuge*! Rieke zeigt uns, wie man aus Ziegenmilch Butter macht. „Darf ich einmal drehen?“, frage ich. Tante Rieke nickt. Ich drehe die Kurbel. Es surrt. Laut oder leise, hoch oder tief ist der Ton, der durch den Raum brummt. Ich kann mit meinem Drehen die Milchmaschine zum Singen bringen.
Zur Wasserstelle in der Küche gehören zwei steinerne Spülbecken und die Wasserpumpe mit dem kupfernen Schwengel. Um Wasser aus dem Brunnen im Garten zu bekommen, muss der Schwengel vor und zurück bewegt werden. „Dürfen wir zum Spaß mal?“ Wir dürfen. Rieke erlaubt es.

Ihre Schwester Laura ist unverheiratet. „Sie trägt ein Katzenfell auf den Schultern. Und siehst du ihre Finger? Sie sehen aus wie Hexenfinger“, tuscheln wir Kinder. Ein wenig unheimlich ist das, doch Tante Laura hat liebe Augen, das ist gut.
Laura ist für die Tiere im Haus zuständig. Sie kann uns die Türen zum Stall öffnen oder schließen. Deshalb gewinnt sie unsere Achtung. Sie weiß genau, ob und wann wir zu den Tieren gehen dürfen. In der Osterzeit ist sie großzügig. Lämmchen sind geboren worden, und sie zeigt gern die zarten, weichen Tiere, die mit unbeholfenen Sprüngen uns alle zum Lachen bringen.

An Sonntagen trifft man sich in kleinem oder großem Familienkreis zum Kaffee in der *Guten Stube* des Hauses. Das ist ein niedriger Raum mit kleinen Fenstern, die liebevoll mit weißen Organzagardinen geschmückt sind. Alte Fotos von den verstorbenen Eltern und Brüdern sowie eine Uhr hängen an den Wänden.

Heute stehen Sammeltassen mit zarten Blumenmustern auf dem Tisch. Der Kaffee duftet, der Platenkuchen schmeckt vorzüglich. Das Gespräch plätschert dahin. Als man schließlich auf Politik zu sprechen kommt, ist die Gemütlichkeit vorüber. Dunkle Erinnerungen und finstere Prophezeiungen stehen im Raum. Der Onkel mit dem durchdringenden Blick ist ein besessener Streiter. Er schimpft. Man diskutiert, es geht hin und her. Man spricht von den *Roten* im Dorf, von dem Tauschhandel, dem Schwarzmarkt und der Währungsreform, die bevorsteht. Der Onkel malt schwarze Wolken an den Himmel und erinnert Vater: „Weißt du nicht mehr, wie es damals mit den Braunen begann? Du hast es selbst erlebt. Krank bist du nach der Kristallnacht geworden."
Wir Kinder verstehen nicht. Es wird stickig warm in dem niedrigen Raum. Erst als Rieke ein Fenster öffnet, kommt wieder klare, frische Luft herein. „Eine Demokratie werden wir haben", sagt die Tante, „und jetzt Schluss! Wollen wir durch den Garten gehen? Die Märzbecher blühen."
Im Schlenderschritt geht es über die Diele in den großen Gemüse- und Obstgarten. Die angrenzende Wiese am Waldrand ist übersät mit leuchtend weißen Glöckchen, den Märzbechern. Wir Kinder dürfen davon pflücken. Als es zu dämmern beginnt, machen wir uns auf den Heimweg. Wir gehen den steilen Hang hinunter ins Tal. Er führt beinahe senkrecht auf eine schmale Brücke zu. Das ist gefährlich und aufregend. Doch ich bin sicher. Vater hält mich an seiner Hand. Ich stecke meine Nase in den Strauß von Märzbechern in meiner Linken und schnuppere den süßen Frühlingsduft.

Das Haus vor der Recke, mein Elternhaus, wird im Jahr 1939, kurz vor der Geburt meiner Schwester, fertiggestellt. Meine Eltern und ich haben bis zu diesem Zeitpunkt in einer Mietwohnung in Detmold gelebt, in der ich geboren wurde.
In dem Neubau bieten zwei Drei-Zimmer-Etagen und zwei kleine Räume im Bodenbereich für unsere Familie und eine Mietpartei genügend Wohnraum. Jede Etage kann man mit einem Kochherd und einem Kohleofen beheizen. In den Kellern stehen Regale zur Vorratshaltung. Ein Raum für Kohlen und Briketts ist vorhanden, ebenso eine Waschküche und eine Stallung mit Auslauf nach draußen für ein Schwein. So bietet das Haus mit dem Garten die Möglichkeit, sich weitgehend selbst zu versorgen. Wir sind *Selbstversorger*.

Heizen! Wie viel Aufwand um diese Tätigkeit! Zunächst einmal muss Holz herangeschafft werden. Kohlen gibt es nur wenig, sie sind rationiert. Auch das Holz wird vom Staat zugeteilt. Im Bürgermeisteramt holt sich jede Familie je nach Personenzahl einen Bezugsschein, bevor sie Holz schlagen darf.
„Das ist eine Gemeinschaftsarbeit“, sagt Onkel Wilhelm, „wir gehen zusammen ins Holz.“ Für fünf Haushalte muss Brennholz herangeschafft werden.
Am Abend vor dem Waldtag wird der Leiterwagen vorbereitet. Großvater legt Sägen, Äxte, Seile und Stahlkeile zu-

recht. Die Mütter belegen Brote und kochen Gerstenkaffee. Früh am Morgen steigen wir Kinder auf den Wagen. Fünf oder mehr sind wir. Die *Großen* ziehen uns durch das Dorf. Als es an der *Schwarzen Hand* bergan geht, klettern wir hinab und schieben den Wagen tief in den Wald, dorthin, wo die vom Förster gekennzeichneten Bäume stehen. Großvater und Onkel haben das Kommando. Sie schlagen Kerben in die Bäume, setzen die Eisenkeile und beginnen zu sägen. Sie wissen, wie der Baum fallen muss. Und er fällt punktgenau.

Jetzt werden auch die Mütter und Kinder tätig. Äste werden abgesägt und nach genauem Plan aufgeschichtet. Der große Stamm wird von den Männern zerlegt und in Stücken auf den Wagen geladen. Wir schleppen und laufen, bis endlich am späten Nachmittag die Holzfuhre, mit Seilen gesichert, zur Abfahrt bereitsteht. Eine gefährliche Fahrt beginnt. Der schwere Wagen muss den steilen Berg an der *Gauseköte* hinunter gebracht werden. Großvater und Onkel weisen jeder Frau und jedem Kind den genauen Platz zu. Die Männer führen den Leiterwagen an der Deichsel, Frauen und Kinder bremsen mit ihrem ganzen Körpergewicht, damit das Gefährt nicht in zu große Fahrt gerät. Dieses Schreien und Befehlen! Die Männer und Frauen sind voller Angst. Hat es doch dabei schon schwere Unfälle gegeben.

Wir haben Glück. Unser Wagen gerät nach dem steilen Bergabschnitt mit erschreckendem Tempo langsam wieder in eine ruhige Fahrt. Wir sind an der *Schwarzen Hand.* Jetzt kommt die ersehnte Belohnung für uns Kinder. Müde und hungrig, aber voller Freude sitzen wir hoch oben auf dem Holzfuhrwerk und fahren nach Hause.

Am folgenden Tag wird vor unserem Haus eine Holzration für fünf Personen abgeladen. Vater bestellt die *Lohnsäge.* Ein Mann kommt mit einer Motorsäge auf einem Traktor. Damit zerlegt er die dicken Stämme in kurze Stücke. Die muss Vater in Holzscheite spalten. Vater reckt sich, hebt die Axt und lässt sie durch das Holz bis in den Holzklotz dringen. Wie gefährlich es ist, wenn das blanke Eisen durch die Luft saust! Mutter zersägt die dünnen Äste in kleine Stücke. Ich darf helfen. Ich trage die Scheite hinter das Haus. Dort entsteht in den nächsten Tagen die Holzfinne. Scheit für Scheit, Kreis für Kreis wächst sie heran, bis sie so groß wie Vater ist.

Jetzt muss das Holz trocknen, ein oder zwei Jahre. Erst dann können wir die Scheite verfeuern.

Mutter sollten wir heute lieber nicht ansprechen. Es ist Montag, Waschtag. Da ist sie schon im Vorhinein gereizt, denn sie weiß, welch schwere Arbeit auf sie zukommt.

In der Waschküche im Keller steht der Manteltopf. Das ist ein etwa ein Meter hoher zylindrischer Ofen, zusammengesetzt aus Zementringen. Zwei Einsätze gehören dazu, einer aus Gusseisen, der zweite aus Gusseisen mit weißer Emaille ausgeschlagen. Diese Einsätze hebt man zu zweit in den *Mantel.* Sie sind sehr schwer. Im Unterbau des Manteltopfs ist eine Feuerstelle eingebaut. An Waschtagen, aber auch bei der Hausschlachtung, beim Kochen von Pflaumenmus und für die Zubereitung des Schweinefutters wird der Manteltopf gebraucht. Je nach Inhalt benutzt man den einfachen oder den emaillierten Einsatz.

Schon am Tag vor der großen Wäsche, am Sonntagabend, weicht Mutter die besonders schmutzigen Wäschestücke in einer Zinkwanne oder im Manteltopf ein.
Der nächste Morgen beginnt früh um 5 Uhr. Wir Kinder schlafen noch. Mutter heizt das Feuer unterm Manteltopf an und füllt Seifenflocken hinzu. Sie sortiert die bunte Wäsche und Wollwäsche aus und wäscht sie in einer kleinen Wanne. Beginnt das Wasser zu kochen, wird mit einem kupfernen Wäschestampfer die Kochwäsche bearbeitet. Nach und nach holt Mutter die heißen Wäschestücke mit einem hölzernen Stab in eine Zinkwanne und rubbelt sie auf einem metallenen Waschbrett, bis alle Flecken beseitigt sind. Wie weiß und schrumpelig werden ihre Hände! Von ihrer Stirn rinnen die Schweißperlen. Zum Spülen wirft Mutter jedes Wäschestück in eine zweite Zinkwanne und schleudert es in klarem Wasser hin und her. Das wiederholt sie zwei, drei Mal, bis das Spülwasser klar bleibt.
Wir Kinder helfen und spielen dabei unsere Wasserspiele. Und was ist das in Vaters Schlafanzug? Da finden wir doch wahrhaftig einen kleinen Luftballon, den wir mit Wasser füllen, bis Mutter uns mit unwirschem Ton stört. Warum ist sie dabei so komisch?
Gegen 11 Uhr ist die Wäsche endlich sauber und gespült. Tischwäsche, Paradekissen und Hemdkragen taucht Mutter in Stärkewasser. Bei Sonnenschein legt sie die Weißwäsche auf die Bleiche, das ist das kleine Rasenstück hinterm Haus. Die anderen Teile kommen auf die Wäscheleine, die neben dem Hauptweg durch den Garten an Pfählen ständig aufgespannt ist. Hosen, Hemden, Blusen, Röcke, Unterwäsche und Strümpfe sind gut sortiert nebeneinander aufgereiht. Manchmal hängen seltsame Wäschestücke auf der Leine, die wir nicht kennen. Es sind aus Baumwolle gestrickte und doppelt gelegte schmale Windeln. An deren

Enden sind kleine Stofflaschen angenäht, die mit einem Knopfloch versehen sind. „Monatsbinden“ nennt Mutter sie geheimnisvoll. Mehr erklärt sie nicht.

Der Dienstag ist Bügeltag. Mutter steht viele Stunden vor dem Küchentisch, auf dem eine dicke Baumwolldecke mit einem *Moltontuch* ausgebreitet ist. Sie legt Wäschestück für Wäschestück auf den Tisch und plättet eines nach dem anderen mit dem schweren Bügeleisen. Das besteht aus zwei Teilen. Der Eisenkern wird auf dem Küchenherd erhitzt und durch eine Klappe in eine Metallhülle geschoben, die mit einem Holzgriff versehen ist. Endlos lange dauert es, bis mit diesem schweren Eisen die gesamte Wäsche gebügelt ist. Zum Glück gibt es bald ein elektrisches Bügeleisen.
Wir Kinder falten die geglätteten Taschentücher zusammen und legen sie in ein eigens dafür genähtes Taschentuchtäschchen. Wie hübsch die umhäkelten Batisttücher sind. Einige tragen sogar Mutters Initialen.

Ringel, Ringel, Rose,
Butter in die Dose,
Schmalz in den Kasten.
Morgen wolln wir fasten.
Übermorgen Lämmchen schlachten.
Das soll sagen: Määä!

Nach dem Kriegsende, bis zum Jahr 1950, mästen meine Eltern ein Schwein, um für die Familie neben dem Obst und Gemüse aus eigenem Garten auch Fleisch- und Wurstwaren zu haben. Die Lebensmittelrationen, die der Familie auf Bezugsschein zustehen, reichen nicht aus.
Im Frühjahr besorgt Vater ein Ferkel. Er fährt mit seinem Fahrrad zu den umliegenden Bauernhöfen und fragt nach einem kleinen Schwein. Oft ist er vergeblich unterwegs, doch nach geduldigem Suchen bringt er eine Kiste mit lebendem Inhalt in unseren Stall.
Zu unser aller Freude wächst unser Schwein prächtig heran. Wir kochen in dem Manteltopf das Schweinefutter aus Rüben, Gemüseresten und Gerstenkleie und kippen den warmen, seltsam riechenden Fraß in die Futterkrippe. Quietschvergnügt und mit Gegrunze wird der Trog geleert. Wir Kinder stehen und lachen. Wie lustig das Schwänzchen sich kringelt. Und diese Hängeohren über den hellblauen Augen. Schauen sie traurig oder doch ein

wenig pfiffig? Was mag unser Schweinchen fühlen? Kennen wir es?
Mit dem ersten Frost kommt nicht nur die Grünkohlzeit, sondern auch die Zeit der Hausschlachtung. Herr Kösting wird bestellt. Er hat zwei Berufe. Im Sommer ist er Maurer, im Winter Schlachter.
Unser Schwein soll geschlachtet werden! Der Schlachttag bringt Grauen und Entsetzen.
Früh am Morgen, noch bevor wir Kinder aufstehen, kommt der Schlachter. Wir hören unser Schwein quieken. Wir wissen, was im Keller geschieht und ziehen uns die Kissen über die Ohren. Als wir später in die Waschküche kommen, hängt unser Schwein aufgeschnitten an einer Holzleiter. Ein Krummholz ist durch die Sehnen der zwei Hinterbeine geschoben und damit an der Leiter befestigt. Ein Topf ist gefüllt mit Blut. Wir schleichen mit Herzklopfen um das Grauen.
Am Nachmittag kommt der Trichinenbeschauer. Er untersucht mit einem Mikroskop das Fleisch. Gibt es nichts zu beanstanden, kommt die amtliche Bescheinigung in Form eines Stempels auf den Schinken des Schweins: *trichinenfrei.*
Mutter und Vater stellen im Keller einen großen Tisch auf, scheuern seine Holzplatte blank. Sie stellen Salz, Pfeffer, Zwiebeln, Salpeter, Piment, Senfkörner, Kümmel, Lorbeerblätter bereit, holen Schüsseln, Teller, Töpfe und einen Holztrog, bringen Geschirrtücher, Messer, Wetzstahl, Schöpfkellen, Wurstebänder und Papierdärme in die Waschküche. Sie säubern Einmachgläser, füllen den Manteltopf mit Wasser und legen Holzscheite und Papier in die Feuerstelle unter dem Topf.
Der nächste Tag beginnt um 4 Uhr in der Frühe. Der Schlachter kommt ins Haus. Tante Johanne ist zur Stelle, um zu helfen. Heute wird gewurstet. Als wir Kinder um

6 Uhr aufstehen und in den Keller gehen, ist der Raum stickig warm. Der Fleischer ist in dem dichten Dunstschwaden kaum zu erkennen. Er steht in seiner blau-weiß-gestreiften Hose, dem weißen Hemd und der weißen Schürze an dem langen Tisch. Er macht die Mettwürste, Blutwürste, Sülzwürste und Leberwürste. Dazu werden Fleischstücke in einen Fleischwolf gestopft und zerkleinert. Gewürze und weitere Zutaten wie Blut oder Leber fügt er hinzu. Danach kommt die Wurstpresse zum Einsatz. Der Fleischer stülpt einen langen Natur- oder Papierdarm über die Öffnung eines Metallrohrs und füllt von oben den Fleischbrei hinein. Tante Johanne dreht die Kurbel. Wie geschmeidig die Wurstmasse in die Hülle gleitet. Mit einem Stück Wursteband und einem zusätzlichen Holzspieß, Wurstepinn genannt, verschließt der Fleischer die Wurst. Mal wird sie rund gebunden, mal als langes *End* belassen. Mit kleinen Metallnadeln an einem Holzstäbchen werden Löcher in den Darm gestochen, damit die Luft entweichen kann. So können die Würste später gut trocknen und schnittfest werden. Wir Kinder dürfen helfen. Wir drehen die Kurbel und reichen dem Fleischer die Bänder. Bei den Leberwürsten gibt es eine Besonderheit: Der Fleischer fertigt Kinder-Leberwürste an. Das sind die kleinen Geschenke für Verwandte und Nachbarn, die wir nach dem Wurstefest verteilen.

Ein schwerer Dunst durchzieht den Raum. Fettspuren haben sich in der Waschküche verbreitet. Die hölzerne Kellertreppe ist gefährlich glatt geworden. Im Manteltopf kocht Wasser. Darin werden die Leberwürste, die Sülzwürste und Blutwürste abgebrüht.

Gegen 7 Uhr ist Frühstück. Unser Fleischer setzt sich mit der Tante, Mutter und uns Kindern an den Tisch in unserer Wohnküche. Man reicht Bohnenkaffee, frisches Schwei-

nemett, Brötchen und Pflaumenmus. Und was isst unser Metzger? Er isst Pflaumenmus und Brötchen! Er mag kein Schweinemett und auch keine Wurst. Heute nicht.
Gegen 10 Uhr verlässt uns der Fleischer. Seine Arbeit ist beendet. Für Mutter und Tante bleibt noch viel zu tun. Pfötchen, Ohren, Schwänzchen und Schinken werden in eine Salzlake in die *Molle*, das ist ein Holztrog, gelegt. Einmachgläser werden mit angebratenen Rippchen gefüllt und eingekocht. Aus Fleischresten, Gewürzen und Gerstengrütze kocht Mutter in einem großen Emailletopf die *Wurstegrütze*, die als Beilage zu Kartoffeln dient. Die erste Speise, die man am Tag nach dem Schlachtfest kocht, ist das *Braunatt*, eine Mahlzeit aus Blut, Fleischresten, Äpfeln und Birnen zu gekochten Kartoffeln. Nicht jeder liebt dieses Gericht. Ich bin begeistert von der süß-sauren Speise, auch wenn ein leichtes Grauen die Mahlzeit würzt.

Der kleine Garten hinter unserem Haus bietet unserer Familie in den Nachkriegsjahren so viel Gemüse, dass nur noch Kartoffeln zum Einkellern auf einem gepachteten Stück Land angebaut werden müssen. Möhren, Erbsen, Zwiebeln, Salat, Kohlrabi, Grünkohl, Porree, Frühkartoffeln, Rote Bete, Steckrüben und viele Kräuter holen wir aus den Gemüsebeeten.
In aller Frühe bestellt Vater den Garten, bevor er gegen 7 Uhr 30 mit der Straßenbahn nach Detmold zum *Dienst* in die Sparkasse fährt. Mutter holt frisches Gemüse und Kräuter für die Mittagsmahlzeit aus dem Garten. Um 14 Uhr kommt Vater zum gemeinsamen Mittagessen. Nach einer Stunde fährt er zurück zum *Dienst*. Ist es für die Elektrische etwas spät geworden, springt er über den Bal-

kon, läuft quer durch Nachbars Garten die Böschung zur *Neuen Straße* hinab. Der Straßenbahnfahrer weiß, wer um 15 Uhr mitfährt. Er hält an und lässt den Beamten einsteigen. Gegen 18 Uhr am Abend kommt Vater zurück, um wieder Gartenarbeiten zu übernehmen.

Wie viele Tätigkeiten sind in der Erntezeit zu verrichten! Erbsen und Bohnen müssen gepflückt und dann ausgepult werden. Erwachsene und Kinder sitzen in großer Runde und *krüllen.* Bei den *Dicken Bohnen* helfe ich besonders gern, denn das Bett dieser Hülsenfrüchte ist wie eine Sommerwiege. Wenn ich mit meinen Fingerkuppen ganz vorsichtig durch ein Bohnenbett streiche, schließe ich die Augen und fühle ein samtenes Kissen. Ich halte meine Nase dicht an die Hülse, und ihr frischer Geruch mischt sich in die zarte Berührung. Fingerlust.

Weißkohl ist etwas anderes für Nase und Finger.
Wenn Mutter ihn in Sauerkraut verwandeln will, zerkleinert sie zunächst auf einer Kohlschabe die weißen Köpfe. Dabei sind die Finger in Gefahr, denn die metallene Schneide ist scharf, und der Kohlkopf will bis zum letzten Rest geschabt sein. Die Raspel stampft Mutter Schicht für Schicht abwechselnd mit einem Esslöffel Salz in ein Sauerkrautfass aus grauem Steinzeug. Mit einem Leinentuch deckt sie das Ganze ab, legt ein Brett darauf und beschwert es mit einem Granitstein. Das Kraut beginnt zu gären. Langsam entsteht eine Salz-Kraut-Brühe. Alle acht Tage müssen Leinentuch, Brett und Stein mit heißem Wasser abgewaschen werden. Dabei sollte man lieber die Nase schließen! Es stinkt! Nach gut vier Wochen ist das Sauerkraut fertig gegoren und kann als westfälisches Wintergemüse zusammen mit Eisbein aufgetischt werden. Die Ver-

wandlung des Kohlkopfes ist gelungen. Das frische Sauerkraut ist ein Genuss.

Ähnlich wie der Weißkohl werden auch Stangenbohnen zu gesäuerten Schnippelbohnen verarbeitet. Zusammen mit Grünkohl und Sauerkraut sind sie eins von drei typischen Wintergerichten.

Der Vorratskeller birgt in jedem Jahr einen Schatz an Eingemachtem. In Gläsern mit der Aufschrift *Frauenlob*, *Küchenglück* oder *Rex* werden Birnen, Pflaumen, Apfelschnitzel, Erbsen, Brechbohnen, Kürbis, Gurken und vieles mehr steril eingekocht. Mit penibler Sorgfalt werden Gläser, Gummiringe und Deckel behandelt. Eine Metallspange hält Deckel, Gummiring und Glas während des Einkochens fest zusammen. Am nächsten Tag wird die Spange entfernt. Der Deckel sitzt fest wie angeklebt. Das ist einer von vielen Hausfrauenzaubertricks.

Im Herbst, wenn die Zwetschgen reif sind, wird in den Häusern ein ganzer Tag oder mehr angesetzt, um Pflaumenmus zu kochen. Das ist die süße Köstlichkeit, die im Westfälischen zum *Pickert* gegessen wird. In Eimern oder Wannen holen wir die blauen Früchte aus dem Garten in den Keller. Tante und Oma sind zum Helfen gekommen. In großer Runde sitzen wir zusammen, holen die Zwetschgen in unseren Schürzenschoß und entsteinen sie mit einem kleinen Messer. Sie wandern in den großen, emaillierten Manteltopf, zusammen mit braunem Zucker und Zimtstangen. Das Holzfeuer unter dem Topf brennt und heizt die Früchte langsam auf. Mit einer hölzernen Stange, an deren Ende ein halbrundes Holzstück als Schaber angebracht ist, muss jetzt die Masse vorsichtig umgerührt werden. Langsam zerkochen die Zwetschgen und eine dunkle Fruchtsoße blubbert im Manteltopf. Eine lange Prozedur beginnt. Das Wasser muss verkochen. Keine Minute darf der Topf ohne Aufsicht sein. Mutter, Tante und wir Kinder rühren reihum mit dem Holzschaber das Mus. Sorgfältig wird jede Bodenwelle des Manteltopfs bedacht. Bis zu acht Stunden stehen die Frauen im Keller. Die fröhliche Atmosphäre verschwindet. Müde und ungeduldig warten wir auf das Ende. Mutter füllt eine Probe auf einen Teller. Ist es gelungen, oder ist in der letzten Stunde doch zu viel Hitze unter dem Topf gewesen und das Mus ist angebrannt? Oder hat jemand nicht sorgfältig genug gerührt? „Das Mus schmeckt“, sagt Mutter. Sie füllt es in graue Steintöpfe und bindet ein Tuch darüber.

In unserem kleinen Garten stehen zwei Apfelbäume, ein Kirschbaum und ein Pflaumenbaum. Das reicht nicht für den Bedarf. Wir kaufen noch Obst von der Gemeinde hinzu. Unsere Straßen im Ort sind von Obstbäumen gesäumt. Auch vor unserem Haus an der *Alten Straße* stehen Apfel-, Birnen- und Pflaumenbäume. Im Herbst geht ein Gemeindediener mit Aktentasche von Baum zu Baum und verkauft das reife Obst. Ein kleiner Trupp von Interessenten geht mit, begleitet von einer Schar neugieriger Kinder.
Vater hat einen Apfelbaum ausgewählt. Er meldet seine Wahl beim Gemeindediener an. Der markiert und registriert den Baum und nimmt den Kaufpreis entgegen. Erst später wird Vater die Früchte ernten. Mit den Nachbarn ist man sich schon vor dem Kauf einig, welcher Baum zu welchem Haus gehören soll. Vor bösen Überraschungen ist man jedoch nicht sicher. Es kann passieren, dass über Nacht der gekaufte Baum ohne Früchte dasteht.

Rezept „HIMMEL UND ERDE“

2 Pfd. Kartoffeln	schälen, klein schneiden, in Salzwasser garen
2 Pfd. Äpfel	schälen, teilen, Kerngehäuse entfernen, mit wenig Wasser und 1 Essl. Zucker zu Brei kochen
	Kartoffeln abgießen, mit Butter u. 1 Tasse Milch zerstampfen. Apfelmus zugeben. Mit Salz abschmecken.
2 Zwiebeln	pellen, klein schneiden, in Butter goldgelb anbraten.
	Kartoffel-Apfelbrei in eine Schüssel geben.
	Zwiebeln mit Fett darüber gießen.

Die Äpfel können durch Zwetschgen ersetzt werden.
Beilage: Angebratene Blutwurstscheiben

Das Gericht *Himmel und Erde* ist eine süß-saure Gaumenfreude. Schon der Name birgt eine Fülle von wunderbaren Vorstellungen. Luft und Erde, Sonne und Regen stecken in ihm. Oben und Unten, Bäume und Acker, der Regenbogen. Nur die Blutwurst, die passt nicht so ganz. Sie erinnert an das Grauen der Schlachtung.

Seit Tagen ist Vater an den Feierabenden im Keller tätig. Wir hören ihn hämmern und sägen. Er baut einen Holzverschlag neben dem Schweinestall. Was hat das zu bedeuten? Vater ist kein guter Handwerker. „Ich habe zwei linke Hände", sagt er von sich. Die Leute im Dorf meinen: „Dafür kann er uns helfen, wenn ein Schreiben von den Behörden kommt."
Vater macht aus seinem Vorhaben ein Geheimnis. Als die Arbeit schließlich getan ist, zieht er mit uns Kindern durch den nahen Wald ins Nachbardorf. Ein Seil trägt er bei sich. Merkwürdig! Auf einer kleinen *Stätte* macht er Halt. Der Besitzer ist ein Tischler, im Nebenerwerb Landwirt. Er führt uns in den Stall. „Das Schwein, das sie mir besorgt haben, ist angekommen. Dafür also jetzt dieses Jungtier", sagt er zu Vater und weist auf ein weißes *Ziegenlämmchen.* „Das gehört jetzt uns", erklärt Vater. Er bindet das Seil um den schlanken Hals des Tieres und zieht mit unserem neuen, springlebendigen Hausbewohner und seinen drei Kindern lachend und singend zurück nach Haus.
Jetzt gilt es, das Zicklein großzuziehen. Wir schneiden Gras und Klee am Straßenrand, machen Heu für den Winter, schneiden Rüben und Gemüsereste für unser Jungtier im Keller. Nach einem Jahr –Vater hat die „Weiße" zur Bockstation zum Decken gebracht – gibt es Nachwuchs im Ziegenstall. Zwei zarte Zicklein stehen auf wackeligen Beinen neben ihrer Mutter, zittern und meckern mit ihrer feinen Stimme. Sie stupsen die Alte, suchen das Euter und trinken die Milch. Leider werden die putzigen Tierchen schon bald an Bekannte weitergegeben. Die Nachbarin behauptet, kleine Ziegen landen auf der Adlerwarte zum Verfüttern. Das will ich nicht glauben. Diese niedlichen Tiere? Niemals!

Vater ist froh, dass unsere „Weiße" jetzt Milch für die ganze Familie liefert. Zwar ist die Kunst des Melkens meinen Eltern zunächst noch fremd, doch nach einigen missglückten Versuchen steht jeden Abend eine große Kanne mit frischer Ziegenmilch in der Küche. „Die schmeckt ja komisch", ist unsere erste Reaktion. Bald aber trinken wir sie mit Genuss.

Mutter nimmt täglich mit einem Holzlöffel den Rahm von der Milch und füllt ihn im kühlen Keller in ein Butterfass aus Steingut. Am Wochenende wird gebuttert. Das dauert lange. Vater, Mutter und wir Kinder bewegen abwechselnd einen Holzstampfer im Butterfass. Auf und ab, auf und ab! Unaufhörlich quillt die Milch durch die feinen Löcher einer hölzernen Scheibe am Ende des Stiels und strömt in ständiger Bewegung durch das Gefäß. Ein Holzdeckel, versehen mit einem Loch für den Stampfer, verschließt das Butterfass. So kann kein Tropfen Milch herausspritzen, und nichts geht verloren. Das Buttern dauert lange. Nahezu den ganzen Samstag sind wir tätig. Endlich schaut Vater nach. Er hat es gespürt. Viele kleine Fettklumpen schwimmen in der wässrigen Molke. Vater füllt sie in eine Keramikschale, fügt Salz hinzu und knetet sie mit einem flachen Holzlöffel so lange, bis ein großer Fettklumpen geformt ist. Die letzten Wasserreste liegen wie kleine Schweißperlen auf dem weißen Stück Ziegenbutter.

An warmen Tagen verteilt Mutter nicht entrahmte Milch in kleine Glasschälchen und stellt sie auf den Küchenschrank. „Das werden *Setten*", sagt sie. Am nächsten Mittag holt sie die Schälchen herunter. Der Schmand hat eine welke Haut gebildet, samten und zart. Die Milch ist angedickt und gesäuert. Wir streuen Zucker auf die Haut und unsere Kinderzungen genießen den süß-sauren Sommernachtisch. Mutter sagt: „Das ist ein Gedicht."

Im Keller über dem Ziegen- und Schweinestall hat Vater einen Hühnerstall mit einer Leiter zum Auslauf nach draußen gebaut. *Hühnerwiehm* nennt er das Bauwerk unter der niedrigen Kellerdecke. Er kauft Küken. Nach einem Jahr können wir täglich frische Eier aus den Nestern einsammeln.

Im Herbst gehen wir Kinder auf die abgeernteten Getreidefelder, um Ähren zu sammeln. Wir bündeln Ähre um Ähre wie einen Blumenstrauß und binden, wenn sie unsere Kinderhände nicht länger halten können, vier Halme um den Strauß. *Puppen* nennen wir die Ährensträuße. Wir bringen sie den Hühnern.
Haben wir besonders viel Puppen geerntet, klopft Vater mit einem Dreschflegel auf dem kleinen Hof hinter dem Haus die Körner aus den Ähren. Wir fegen sie zusammen und schaufeln sie auf einen flachen Korb. Vater hält die *Windschale* an beiden Henkeln, wirft die Körner in die Luft gegen den Wind und fängt sie wieder auf. Leicht wie Federn fliegen die Spelzen über den Hof. Im Korb bleiben schwere, gelbe Körner zurück. Die lässt Vater beim Müller zu weißem Mehl mahlen, und Mutter backt daraus einen duftenden Stuten. Der ist so viel köstlicher als das schrecklich trockene Maisbrot, das es auf Bezugschein zu kaufen gibt.

In unserem Dorf gibt es zwei Kolonialwarenläden, einen Textilladen, vier Gaststätten, eine Kohlenhandlung, eine Kornmühle, eine Papiermühle, ein Sägewerk, einen Frisiersalon, eine Post, zwei Bäckereien, zwei Fleischereien, zwei Schusterwerkstätten, zwei Tischlereien und weitere kleine Handwerksbetriebe.

Mutter schickt mich ins Dorf, um bei *Krug* einzukaufen. *Brot- und Feinbäckerei, Kolonialwaren und Drogen* steht über dem Eingang. Als ich die große Ladentür öffne, ertönt eine schrille Glocke. Eine Eisenzunge an einer Stange über der Tür hat sie angekratzt.
Niemand ist zu sehen, da kann ich ungestört all die seltsamen Wörter mit den Schnörkelbuchstaben auf den Gläsern, Flaschen, Fässern und Schubfächern im Laden entziffern. *Franzbranntwein, Lebertran, Salpeter, Rizinusöl, Petroleum, Soda* lese ich im Drogenregal. *Salzheringe* steht auf einem großen Holzfass, auf einem anderen *Sauerkraut*. Auf weißen Emailleschildchen vor den Holzschubfächern in dem großen Regal ist geschrieben: *Gries, Haferflocken, Graupen, Rosinen* – endlos ist die Anzahl der Lebensmittel, die es zu kaufen gibt.
Frau Krug erscheint hinter dem Tresen. Sie trägt eine gestärkte weiße Schürze. Freundlich begrüßt sie mich – sie kennt die Namen ihrer Kunden – und fragt nach meinen Wünschen. Hefe soll ich holen, ein Brot und 1 Pfund Zu-

cker. Mit einem Messer schneidet sie eine Portion von einem großen Stück Hefe ab und wickelt es in Pergamentpapier. „Das ist für 10 Pfennige“, sagt sie.
An einem Nagel hängen Tüten aufgereiht an einem Band. Es gibt dreieckige spitze und größere viereckige. Frau Krug reißt eine Vierecktüte ab, stellt sie auf die Schale der Waage und füllt mit einer kleinen Handschaufel Zucker aus einem großen Sack hinein. Auf die zweite Schale der Waage stellt sie ein 500-Gramm-Gewicht. Langsam pendelt sich die Waage ein und steht still. Frau Krug nimmt die Zuckertüte und knickt geschickt den oberen Teil um, sodass sie fest verschlossen ist.
Nun noch das Roggenbrot. Die Maisbrotzeit ist endlich vorüber.

In der Backstube hinter dem Laden backt Herr Krug, der Dorfbäcker, täglich frisches Brot. Gerade kommt er, angetan mit weißer Bäckermütze und Bäckerschürze aus der Backstube. Seine Arme sind nackt, sein Gesicht ist gerötet. Mit seiner rechten Hand balanciert er ein Blech mit frischer Backware hoch über seinem Kopf in den Laden.
Ein warmer Duft strömt in meine Nase.
Ich kaufe ein frisches Vierpfundbrot und verstaue es zusammen mit der Hefe und dem Zucker in meinem Einkaufsnetz.
Frau Krug schaut mich an: „Möchtest du nun von den roten oder von den gelben?“, fragt sie. Ich weiß, was sie meint. Auf dem Glasaufsatz des Tresens stehen zwei große Bonbongläser. Sie bergen süße Köstlichkeiten: Zitronenbonbons und Himbeerbonbons. Und die sind für uns Kinder. Als endlich die schwere Wahl entschieden ist, schiebt Frau Krug ihre schmale Hand in die seitliche Öffnung eines der Gläser und holt eine rosarote Zucker-

himbeere hervor. „Bitte, das ist für dich." Ich stecke das sauer-süße Bonbon in den Mund und bezahle den Einkauf.
Auf dem Heimweg trage ich das ofenfrische Brot unterm Arm. Wie verführerisch es duftet! Ich breche ein Stückchen ab, um zu kosten. Ich koste noch einmal, und noch einmal. Meine Finger können nicht von dem warmen Brot lassen. Der Heimweg ist lang. Eine halbe Stunde und mehr vergeht, bis ich schließlich das Einkaufsnetz auf den Küchentisch lege. Das Brot schiebe ich schnell in die Brotlade im Schrank.

Im Keller ist es duster.
Da wohnt ein armer Schuster.
Er hat kein Geld, er hat kein Licht
Für seine lieben Kinder nicht.

„Frag ihn, ob er sie noch einmal reparieren kann. Du läufst ja schon auf der Brandsohle." Mutter schickt mich mit meinen braunen Schnürstiefeln zu *Schuster-Willi*, so nennen die Dorfbewohner den viel gefragten Handwerker. Mein einziges Paar Schuhe muss dringend repariert werden. Beim letzten Regen waren meine Wollstrümpfe durchnässt.
In Holzschuhen laufe ich ins Dorf. Schon vom Gartenweg aus sehe ich hinter dem niedrigen Werkstattfenster *Schuster-Willis* Kopf in der Höhe meiner Füße. Der Schuster sitzt im Keller. Fünf Stufen muss ich zu ihm hinabsteigen, fünf Stufen aus dem hellen Tageslicht ins Dunkel. Langsam taste ich mich in die geheimnisvolle Schusterstube. Zuerst ist meine Nase dran. Langsam und genüsslich atme ich den scharfen Geruch von Schusterleim und Leder ein. Dann mein Ohr: Gleichmäßiges Klopfen und gequältes Atmen mit lautem Fiepen ist zu hören. Erst danach können meine Augen sehen. Sie haben sich langsam an das Dämmerlicht in dem niedrigen Raum gewöhnt.

Schuster-Willi sitzt auf einem hölzernen Schemel unter einer weißen Pendellampe. Lachend begrüßt er mich, unterbrochen von schwerem Luftschnappen. Er hat Asthma. Zwischen seinen Zähnen hält er einen Holzpinn. Vor ihm steht ein Eisenständer mit einem angewachsenen eisernen Leisten. Die Eisensohle zeigt nach oben. Darauf ist ein Schuh aufgestülpt. Der Schuster nimmt den Holzpinn und schlägt ihn mit dem Hammer in die Ledersohle. „Das hier ist das einzige Paar Schuhe, das ich ganz neu herstelle. Früher habe ich ständig neue Schuhe machen müssen. Sieh da, die vielen Leisten!" *Schuster-Willi* zeigt auf das Regal an der Schmalseite des Raumes. Es ist angefüllt mit hölzernen Fußnachbildungen, große und kleine, flache und breite. Und jeder dieser Leisten ist beschriftet mit einem Namen. Das Regal an der breiten Wand ist angefüllt mit alten Schuhen, Stiefeln und Sandalen. Die muss der Schuster reparieren.

„Und was bringst du, Mädchen?" Ich reiche *Schuster-Willi* meine Schnürstiefel. Er untersucht die Laufsohlen und die Brandsohlen darunter. Vom ersten Schuh reißt er die durchlöcherte Ledersohle ab. Schwerfällig steht er vom Schemel auf, holt ein Stück Gummi hervor und legt es auf die Brandsohle. „Ich habe kein Leder", murmelt er. Mit einem Schustermesser schneidet er das Gummistück passend zu, bestreicht die Brandsohle mit Leim und klebt die Gummisohle auf. Zuletzt schlägt er eine Doppelreihe Holzpinne entlang der Kante durch Gummi- und Brandsohle. Jetzt kommt der zweite Schuh auf den Leisten. „Er bekommt nur eine neue Spitze. Da können wir ein Stück Gummi sparen", sagt *Schuster-Willi.*

Neugierig wandern meine Augen durch die Werkstatt. Von der Decke herab hängt in der Nähe des Fensters ein geheimnisvolles Gefäß. Es ist eine kugelförmige Glasflasche, die mit Wasser gefüllt ist. Sonnenstrahlen zaubern darin Regenbogenfarben. „Das ist eine Schusterkugel“, sagt *Schuster-Willi*. „Früher hat die Kugel das spärliche Licht einer Petroleumlampe gesammelt und damit den Schuh, an dem gearbeitet wurde, ganz hell beleuchtet. So konnte man sogar bei Dämmerlicht alles genau erkennen. Jetzt gibt es zum Glück elektrisches Licht in meiner Kellerwerkstatt. Da brauche ich keine Glaskugel mehr.“

Schuster-Willi wirft die elektrische Schleif- und Poliermaschine an. Fünf oder sechs Rollen sind das, aufgereiht auf einer Eisenstange. Zuerst müssen die groben, dann die feinen Sandpapierrollen die Sohlenkanten meiner Schuhe schleifen. Danach trägt eine braune Lederrolle Schuhcreme auf. Grobe und weiche Bürsten polieren die Sohlen und das Leder. *Schuster-Willi* stellt die Maschine ab. Der sirrende, hohe Ton fällt in die Tiefe und verstummt. Fertig!

„Mutter bezahlt später“, sage ich. „In Ordnung“, sagt *Schuster-Willi*.
Ich steige die fünf Stufen hinauf aus der dämmrigen Werkstatt. Ich halte meine Nase dicht an die neu besohlten Schuhe und schnüffle das Gemisch von frischem Schusterleim und Schuhcreme.

Sie grinst, ja sie grinst. Sie kommt mir die lange, gerade Strecke entgegen gefahren, und ihre Frontseite sieht wirklich aus wie ein verschworen grinsendes Gesicht. Jedes Mal grinst sie, wenn ich zur Ärztin nach Detmold fahre. Ich muss heute wieder zur Ärztin, ohne Mutter. Das wird wieder eine Tortur werden. So geht das schon seit Wochen.
Die hellgrüne Straßenbahn fährt schnurgerade auf mich zu, hält an der *Badeanstalt* und lässt mich einsteigen. Der Schaffner in seiner dunkelblauen Uniform geht durch den Waggon und kommt zum Kassieren. Ich reiche ihm ein Markstück. Er steckt es in die Bauchkasse, die er an einem Lederband um den Hals trägt. Wie kleine Orgelpfeifen liegen die gestapelten Münzen, nach Größe sortiert, in den Metallröhrchen der Geldkassette. Der Schaffner klickt mit dem Daumen das Wechselgeld heraus und reicht es mir. Aus einer Ledertasche an seinem Gürtel holt er den Fahrschein. Am *Lippischen Hof* muss ich aussteigen. Der Schaffner zieht an der Lederschnur. Das Klingelzeichen zum Halten ertönt. Ich steige aus.
Ich gehe die Straße entlang zur Praxis. Angst sitzt im Bauch. Mein Bein schmerzt. Beim Übersteigen einer Trockenmauer ist vor einem halben Jahr ein schwerer Stein gegen das Schienbein gefallen. Der Knochen ist verletzt und hat stark geeitert. Einige Wochen habe ich zu Hause im Bett gelegen, um die Heilung zu beschleunigen. „Jetzt bildet sich wildes Fleisch. Das muss ich wegätzen“, sagt die Ärztin. Viele Wochen geht das nun schon. Es tut je-

des Mal höllisch weh. Auch heute. „Die Wunde heilt nicht. Wir müssen einen TBC-Test machen“, sagt die Ärztin. Sie tupft eine Tinktur auf meinen Rücken und klebt ein Pflaster darauf. Sie entlässt mich. Habe ich richtig gehört? TBC? Eine panische Angst überfällt mich. TBC, das weiß ich, ist eine tödliche Krankheit. Im Dorf gibt es Todkranke.

Ich gehe zur Haltestelle. Die Straßenbahn ist gerade weggefahren. Weinend mache ich mich auf den Weg in unser Dorf. Nach einer Stunde bin ich endlich zu Hause und kann Mutter von dem Test erzählen. Sie tröstet: „Warte, bis wir das Ergebnis haben.“

Der Test ist negativ, doch die Wunde heilt nicht. Tante Pauline kennt ein Hausmittel. „Versucht es mit einer Mischung aus Eigelb und Öl.“ Eine Woche lang streicht Mutter die weiche Paste auf die offene Wunde. Eine feine, neue Haut wächst hervor. Voller Freude fahre ich in die Arztpraxis und zeige das kleine Wunder. „Du hättest die Eier lieber essen sollen“, sagt die Ärztin.

Der Hohlweg ist ein tiefer Graben, dessen Fahrrinne durch das Befahren mit Pferdefuhrwerken jedes Jahr ein wenig tiefer wird. Die angrenzenden Felder wachsen dabei langsam etwas höher.
Wo sollen wir gehen, wenn wir ihn benutzen? Unten in der Tiefe schleichen wir durch Märchenschluchten. Oder ist es eine Höllenschlucht? Rechts und links wuchern Dornröschenhecken. Wer kommt um die nächste Wegbiegung? War da nicht ein Geräusch? Der Weg ist so eng und es gibt kein Zurück. Schaurig ist es hier unten. Doch es gibt die großen Pfützen nach dem Gewitterregen. Die sind gut zum Springen und Spritzen.
Oder sollen wir doch lieber oben auf den Schultern des Hohlweges gehen? Die wogenden Weizenfelder, der leuchtend rote Mohn und das Blau der Kornblumen haben einen besonderen Zauber. Schließlich gibt es auch noch die Knöpfe der Butterblumen, mit denen wir unsere Oberarme *impfen*, und das Zittergras zum Streicheln, der Sauerampfer zum Essen, die Kletten, um uns gegenseitig damit zu bewerfen.
Der Hohlweg führt an der Mühle vorbei durch große Äcker zum Rittergut in Hornoldendorf, dorthin, wo mein Großvater arbeitet. Er ist Zimmermann und Stellmacher. Zusammen mit einem Gesellen sorgt er für die Wartung und Reparatur der Leiterwagen, der Anhänger, der landwirtschaftlichen Geräte, der Zäune, Wände und Möbel aus Holz.

Jeden Mittag wartet Großvater auf sein Mittagessen. Großmutter hat einen frischen Eintopf aus Gemüse, Kartoffeln und Fleisch gekocht und in ein emailliertes Kochgeschirr gefüllt. Wir Kinder bringen Opa die *Düppe* pünktlich auf 12 Uhr Mittag, wenn die große Uhr am Wohngebäude der Gutsbesitzer ihren Klang ertönen lässt. Großvater steht schon vor der Werkstatt. Er wartet auf uns. Seine schwieligen Hände ruhen gefaltet vor seiner Brust. Er freut sich, als er uns sieht. Er bindet seine blaue Tischlerschürze ab und setzt sich zum Essen. Wir schauen ihm dabei zu, fragen, erzählen und lachen. Wir warten auf den Beginn seines Mittagsschläfchens. Schließlich legt Großvater sich in eine Ecke der Werkstatt auf weiche Sägespäne und schläft ein.
Jetzt kommt die Zeit für uns Kinder. Wir erforschen die Werkstatt, die Wagen in der Remise, die seltsamen Geräte in den Nebengebäuden. Wir laufen über den großen Hof, wir schauen in Scheunen und Ställe, springen von Strohballen und spielen Verstecken. Aber Vorsicht! Nicht zu nah an das Herrenhaus. Großvater hat genaue Anweisung gegeben, wo die Grenze ist. Die ist da, wo es *schön* wird. Da dürfen wir nicht sein. Die *Tausendjährige Eiche* ist die Grenze. Sie steht an der Mauer zu dem verschlossenen Garten. Wir ziehen uns an der Mauer hoch, um wenigstens einen Blick hinein zu werfen. „Hast du es gesehen, das Engelskind? Aus Gold ist es gemacht. Und wie es da steht! Wirklich wie ein Engel!“ Tief beeindruckt von der Schönheit der Skulptur und dem Wissen um den Tod eines Kindes der Gutsbesitzer steigen wir von der Mauer herab. Wir laufen zurück zu Großvater. Er hat nach dem halbstündigen Mittagsschlaf seine Arbeit wieder aufgenommen. Wir nehmen das Essgeschirr und gehen den Hohlweg zurück.

Großvater hat durch seinen Arbeitgeber die Möglichkeit, während des Krieges und der ersten Nachkriegsjahre ein Stück Land des Ritterguts zu bebauen. Es handelt sich um vier oder fünf Kartoffelreihen eines sehr großen Ackers. Mit dem Betriebstraktor wird dieses endlos lange Stück zusammen mit dem gesamten Acker umgepflügt und mit einer Maschine bepflanzt. Nur das Ernten ist Sache des Großvaters. Die Kartoffeln sind sein *Deputat*.

Der Tag, an dem geerntet werden soll, wird der Sippe früh genug mitgeteilt. Jede Familie bekommt je nach Größe ihren Anteil, deshalb sollen die Kartoffeln auch gemeinsam aufgelesen werden.

Der große Erntetag fällt in die Herbstferien. Kartoffelferien werden sie auch genannt. Wir Kinder warten voller Freude auf das Ereignis. Das riesengroße Feld kennen wir schon. Schließlich haben wir während der Blüte die Kartoffelkäfer einsammeln müssen. „Die Schädlinge hat uns der Feind herabgeworfen, um unsere Ernten zu vernichten", sagen die Erwachsenen. Mit leeren Konservendosen sind wir stundenlang über das riesige Kartoffelfeld gezogen, haben die Schädlinge eingesammelt und sie den Hühnern zum Fraß gegeben.

Jetzt wird geerntet. Was ist das für ein endlos langes Feld, auf dem zwei Pferde die schwere Kartoffelrodemaschine entlangziehen. In Holzschuhen laufen wir neben dem Gespann her, hören das Schnauben der Tiere und riechen ihren Schweiß. Große und kleine Helfer lesen die Knollen auf und legen sie in Weidenkörbe. „Passt gut auf, damit keine vergessen wird. Und dreht die Erdklumpen von den Kartoffeln ab, bevor sie in den Korb kommen!“, rufen die Großen uns Kindern zu. Wir entleeren die Körbe in Hanfsäcke, sehen zu, wenn sie mit Bändern zugebunden und schließlich von den Männern und Frauen auf einen Pferdewagen geladen werden.

Der Höhepunkt des Tages ist die gemeinsame Mahlzeit. Von Weitem sehen wir Oma und Tante durch den Hohlweg kommen. Sie sind bepackt mit Körben, voll mit Emaillebechern, Kannen mit *Blümchenkaffee*, Platenkuchen und Wurststollen. Wir Kinder sind die ersten, die am Feldrand im Gras sitzen. Doch zu essen gibt es noch nichts. Erst wenn alle zur Stelle sind und in einer langen Reihe am Rain sitzen, kann die Zeremonie beginnen. Tante Johanne nimmt eine Blechkanne mit Kaffee und gießt auf jede große und kleine Hand einen kleinen *Strupps Muckefuck*. Damit waschen wir so gut wie möglich die Erdkruste ab. Jetzt endlich verteilt Oma Kuchen, Brote und Getränke. Es schmeckt vorzüglich! Wir erzählen, plappern, lachen. Wir genießen die gemeinsame Kaffeepause.

Auch wenn am Abend der Rücken schmerzt, dieser Erntetag im Kreis der Großfamilie konnte nicht schöner sein.

In den nächsten Tagen liegt der Geruch von Kartoffelfeuer in der Luft. Am kommenden Erntedanktag singt die Gemeinde im Gottesdienst:

Wir pflügen und wir streuen den Samen auf das Land,
Doch Wachstum und Gedeihen liegt in des Himmels Hand.
Der tut mit leisem Wehen sich mild und heimlich auf,
Und träuft, wenn heim wir gehen, Wuchs und Gedeihen
drauf.
Alle gute Gabe kommt her von Gott dem Herrn.
Drum dankt ihm, dankt,
Und hofft auf ihn.

Es gibt vier Eingänge in das Heckenhaus. Von der Straße aus betritt man über eine Steintreppe den Haupteingang durch eine Glasveranda. Sie ist umrankt von einer üppigen Heckenrose, die in vielen Jahren eine wahre Dornröschenhecke geworden ist. Ihre Stachelschönheit erfreut die Vorübergehenden und schützt die Bewohner vor neugierigen Blicken.

Das Heckenhaus ist Wohnhaus für meine Großeltern, zwei Töchter und zwei Söhne mit ihren Frauen und Kindern. Zusammen sind es einundzwanzig Menschen, die das Haus mit Leben füllen. An den Samstagen werden es noch mehr. Dann kommen zwei Töchter und eine Schwiegertochter der Großeltern mit ihren Familien hinzu.

Es ist Samstagabend. Die aushäusigen Kinder und Enkelkinder kommen ins Heckenhaus. Besuchstag!
Die Wohnküche der Großeltern liegt gleich vorn an dem langen Hausflur. Betritt man den Raum, steht man direkt neben dem Kohleherd. Das ist das Herzstück von Omas Küche. Tante Johanne, die unverheiratete Tochter der Großeltern, steht vor dem Herd. Sie backt einen großen Stapel *Lippischen Pickert.* Oma hat die Kartoffeln geschält. Mehr geht nicht. Sie hat Atemnot, sie *hat es auf der Brust.* Deshalb muss Johanne den Rest machen. Hefe, Mehl, fein geriebene rohe Kartoffeln und sehr viele Eier, ein wenig Salz noch, umrühren, und dann muss der Teig gehen. In

einem großen rot-emaillierten Topf steht er auf dem Herd, bedeckt mit einem Geschirrtuch. Zwei bis drei Stunden hat er Zeit, um ein unverschämt dicker Hefebauch zu werden. Die Luftblasen, die er wirft, verbreiten dabei einen verheißungsvollen Geruch. Der wird zum Duft, als die handtellergroßen Pfannekuchen in heißem Bucheckernöl gebacken werden. Zischend gleitet der Teig in die Pfanne, backt leicht braun an und wird gewendet. Mit gekonntem Schwung fliegt das Backwerk in die Luft und landet sanft in der heißen Pfanne. Das ist ein Schauspiel, das gelungene Vorspiel für die lustvolle Mahlzeit am Samstagabend.

Ganz nah am Herd steht Omas Ohrensessel. Der etwas abgeschabte Samt der Sitzfläche ist bedeckt mit einem gestrickten Wolltuch. Oma legt es um ihre Schultern, wenn sie hier sitzt. Und sie sitzt viel hier. Ein Pfeifton begleitet ihr Atmen. Ihre zarten Schultern bewegen sich schnell auf und ab, und ihre Sätze sind durchbrochen vom Luftschnappen. Wie ein schwarzer kleiner Vogel sitzt sie da in ihren dunklen Kleidern. Nur ihre Augen sind hell und voller Feuer. Sie hat in diesem Haus das Sagen. Ihre erwachsenen Töchter, ihre Söhne und Schwiegertöchter und die 15 Enkelkinder im Haus gehorchen ihr. Wenn sie ihre Anweisungen gibt, tadelt oder ermahnt, wird sie nur vom eigenen Husten unterbrochen. Und der ist so heftig, dass eine der Töchter ihr zu Hilfe kommen muss. Sie scheuert ihr den Rücken und reicht ihr eine alte Blechdose, in die Oma den Hustenschleim ausspuckt.

Aber am heutigen Samstagabend ist sie gut beisammen. Sie setzt sich an den großen hölzernen Esstisch auf das rote Sofa, etwas erhöht auf ein besticktes Kissen. Neben ihr liegt die *Rotbraune*, ihre Lieblingskatze. Oma wartet auf uns, die von der Recke, das ist ihre Tochter Lena mit ihrem Mann, dem *Beamten*, und ihren drei Kindern. Als wir endlich eintrudeln, frisch gebadet und in sauberen Kleidern, begrüßt uns die kleine Herrscherin wie immer mit einem Tadel wegen unserer Verspätung. Den stecken wir weg und freuen uns auf das gemütliche Pickertessen mit dem herrlichen *Lindes*, das ist gerösteter Gerstenkaffee. Aber halt, nicht zu früh zugreifen! Nach Omas Aufforderung spricht Opa erst das Tischgebet.

Wir Kinder sind glücklich. Nichts stört die Mahlzeit. Mit Butter, Pflaumenmus oder Leberwurst wird der Pickert zu einem Genuss.
Nur ein wenig schneller könnten die Erwachsenen schon sein. Wäre es doch schon 19 Uhr! Denn um 19 Uhr geht es los. *Es*, das ist die Bibelstunde der christlichen Gemeinschaft im Saal, dem großen Raum im hinteren Teil des Hauses. Onkel Wilhelm, der älteste Sohn meiner Großeltern, hat diesen Saal ausgebaut. Er wohnt mit seiner großen Familie ebenfalls im Heckenhaus. Er ist ein frommer Mann. Zusammen mit seiner Frau Martha hat er elf Kinder, zwei Söhne und neun Töchter. Er herrscht mit fester Hand und sorgt gut für seine große Familie. Den Keller hat er zu einer Wohnküche umgebaut. *Kellerküche* nennen wir sie.

Die Bibelstunde für die Erwachsenen beginnt, und wir Kinder sind glücklich. Endlich ohne Erwachsene! Wir belegen die Kellerküche, und das bedeutet grenzenlose Freiheit! Die Großen beten und singen fromme Lieder. Sie können nicht sehen und hören, was wir spielen. Der überlange Tisch, die Holzbänke, die kleinen, ebenerdig gelegenen Fenster bieten herrliche Möglichkeiten zum Toben.

Die Reise nach Jerusalem singen und spielen wir mit den zahlreichen Stühlen. Wir schlüpfen durch die Eisenstäbe vor dem niedrigen Fenster, um zum Spalierbirnbaum an der Hauswand zu gelangen. Vielleicht ist eine *Gute Luise* herabgefallen. Die dürfen wir nehmen. Und wenn keine unterm Baum liegt? Ganz vorsichtig berühren wir eine reife Birne. Die saftige Frucht fällt auf den Boden. Jetzt gehört sie uns! Die Erwachsenen beten und singen. Sie sehen uns nicht.
Der graue Spülstein in der Küche und der Holzfußboden bieten viele Möglichkeiten für Wasserspiele. Die großen Cousinen sind voller Ideen. Sie lassen uns durch einen Jackenärmel *in den Himmel* schauen und gießen uns Wasser in das Gesicht. „Reingelegt, reingelegt", rufen sie voller Schadenfreude.
Aber Vorsicht! Ob Gott vielleicht doch mal vorbeischaut und sieht, was wir spielen? Ob das Auge Gottes sogar bis in die Kellerküche schauen kann? Im Lesebuch von den Großen, da ist so ein Bild. Da ist das so. Also, schnell noch aufräumen, bevor die Erwachsenen ihre Bibelstunde beenden.

Der Abend ist herrlich. Überglücklich, meine Hand in Vaters Hand, gehen wir zurück zu unserem Haus vor der Recke. Straßenlaternen gibt es nicht, Himmelslichter erhellen uns den Weg. Vater zeigt uns den *Großen Wagen*. Haben an jedem Samstag über uns die Sterne geschienen? Meine Erinnerung hat die Regensamstage ausgelöscht. Sie malt sternenklare Abende an den Himmel.

Ein ganz besonderer Samstag im Heckenhaus ist der Missionstag. Einmal im Jahr kommt Prediger Pracht, der vor

langer Zeit in China als Missionar tätig gewesen ist. Er ist der Mittelpunkt des Missionstages.
An diesem Tag gibt es auch eine Kinder-Bibelstunde. Voller Vorfreude räumen wir den Saal auf, stellen Stühle in den Kreis, legen Liederbücher zurecht, schmücken den Raum mit Blumen und räumen dem Neger mit dem Opferkasten einen angemessenen Platz ein.
Bevor wir weiter ordnen, bleiben wir vor diesem wunderlichen schwarzen Mann aus Gips stehen. Er kniet auf einem kleinen Holzkasten. Die weißen Zähne und das Weiß in seinen Augen leuchten in seinem dunklen Gesicht, und sein Mund mit den vollen, roten Lippen lächelt. Wie er dasitzt und seine Hände bittend uns entgegenstreckt! Ich hole einen Groschen hervor und werfe ihn vorsichtig in den Schlitz in seinem Rücken. Und was geschieht? Der Neger nickt als Dankeschön mit seinem Kopf. Das wollen wir noch einmal erleben. „Hast du Geld?“ Die Cousine Susanne hat auch ein Geldstück. Es verschwindet im Rückenschlitz des Schwarzen und er nickt sein Danke. „Ich will auch, ich auch!“ Immer wieder muss der arme Neger demütig seinen Kopf neigen. Schließlich ist kein Geldstück mehr in unseren Taschen vorhanden. Aus dem Opferkasten können wir nichts zurückholen, uns fehlt der Schlüssel für das Schloss. Meine Schwester weiß Rat. Sie holt einen Knopf hervor und lässt ihn zu den Geldstücken im Spendenkasten rutschen. Gespannt warten wir auf die demütige Geste. Und wirklich! Der kleine Negerkopf mit den krausen Haaren nickt sein stummes Dankeschön auch für einen Knopf.

Das alte Harmonium müssen wir ebenfalls ausprobieren. Was gibt es für Töne von sich, wenn man die Pedale tritt? Unsere Füße sind zu kurz. „Du spielst oben, ich trete un-

ten.“ Nur zu zweit können wir der Hausorgel ihre bekannten Wimmertöne entlocken.
Wir müssen noch das Schott hinten an der Rückwand des Raumes schließen. Andernfalls könnten die Hühner hinter dem Fenster von ihrem *Wiehm* aus in den heiligen Raum schauen, und dann wäre die stille Andacht vorüber. Ihr Gackern ist ohnehin nicht zu vermeiden. Aber daran ist man gewöhnt.

Jetzt ist alles in Ordnung. Der Missionar kann kommen.
Er kommt. Der große, kräftige Mann mit den weißen Haaren und dem langen Bart ist kein gewöhnlicher Mann. Seine wässrigen Augen können bestimmt in das Herz seiner Zuhörer sehen. Seine Stimme ist gewaltig laut, und das R rollt er wie ein leises Donnern. Ja, so ist der Missionar! Bestimmt ist er von Gott geradewegs zu uns geschickt worden, denn die Geschichten, die er uns erzählt, die gehen direkt in unsere kleinen Kinderherzen. Sie erschüttern und beglücken uns tief.

Wir hören von dem großen, mit Holz beladenen Wagen, der einen steilen Abhang hinunterfährt und nicht mehr zu stoppen ist. Wir sehen das Kind, das hilflos auf dem Weg liegt. Sicherlich wird es gleich überfahren werden. „Und da greift Gott selbst ein“, hören wir die Donnerstimme. „Er schickt vier Engel, die heben den Wagen mit ihrer unendlichen Kraft hoch und tragen ihn über das Kind hinweg. Unversehrt ist das Kind. So ist Gott.“

Und so sind die Geschichten von Missionar Pracht. Immer wieder hat er neue Geschichten zu erzählen, und alle hat er selbst in China erlebt. Sie lassen unsere Kinderherzen erschauern. Unsere Haare stehen zu Berge, und süßes Gruseln zieht durch unseren Bauch. Wunderbar! Dieser Geschichtenerzähler sollte nicht nur einmal im Jahr zu uns in unser Dorf kommen!

Etwas muss von der magisch-göttlichen Kraft des frommen Predigers auf Onkel Wilhelm übergegangen sein. Er weiß alles über Gott. Er weiß auch immer ganz genau, was Gott von seinen *Kindern* erwartet. Seine Frau und seine Söhne und Töchter richten sich immer danach. Er kennt sich auch mit dem Teufel aus. Man hört dies und das. So hat er einmal in einer Schreinerwerkstatt den Leibhaftigen gesehen. Das muss stimmen, denn seine Augen sind genauso hellblau wie die vom Missionar. Und dass es nicht mit rechten Dingen in dieser Schreinerwerkstatt zugeht, das habe ich mit meinen eigenen Augen gesehen.
Zur Mittagszeit war es. Meine Schwester und ich schauten durch die Fensterscheiben der Werkstatt und drückten unsere Nasen platt. Totenstille herrschte. Wir hörten weder Hämmern noch Sägen, noch sonst einen Laut. Da geschah es. In den offenen Särgen, die in einer Ecke des Raumes standen, bewegte es sich und langsam entstiegen ihnen drei Gestalten. Sie trugen blaue Tischlerschürzen. Entsetzen packte uns, und wir liefen so schnell wir konnten, davon. Da musste doch der Teufel im Spiel sein. Es gibt ihn also, das ist klar.

Und Gott gibt es auch ganz bestimmt, das ist sogar bewiesen. Mein Cousin Friedrich hat einmal die Probe aufs Exempel gemacht. Er war zu Fuß unterwegs von der Stadt in unser Dorf. Der Weg wurde ihm lang und beschwerlich. So bat er Gott darum, er möge doch seinen Vater, den frommen Onkel, mit dem Pferdefuhrwerk vorbeikommen lassen, um ihn aufzulesen. Just in diesem Moment ist der Onkel wirklich gekommen. Ein klarer Beweis für Gottes Existenz.

Nur: Wie passt das mit der Erfahrung meiner Schwester zusammen? Sie hat Lebensmittelmarken verloren, und Gott hat sie nicht erhört, trotz ihres Betens, die Marken doch wiederzufinden. Es bleiben eben immer noch Fragen offen. Vielleicht hat sie ja nicht stark genug geglaubt?
Ich habe die gleiche Erfahrung wie meine Schwester gemacht. Habe ich nicht genug gebetet?

Mein Cousin Henning, 14 Jahre alt, liegt im Sterben. Er ist das zweite Kind meiner Tante Pauline und meines Onkels Helmut, das innerhalb eines Jahres stirbt. Er hat, wie sein älterer Bruder, eine schwere Leberentzündung. Der Arzt kann nicht helfen. Schwester Lara, unsere Gemeindeschwester, kommt jeden Tag, berät die Mutter in der Krankenpflege und hilft ihr, so gut sie kann. Wir Kinder besuchen unseren schwerkranken Cousin, sprechen mit ihm über die Krankheit und auch über den Tod. Er weiß, dass er, wie zuvor sein größerer Bruder, sterben wird. Manchmal weint er laut: „Ich will nicht sterben, ich will nicht sterben!“ An anderen Tagen malt er uns kleinen Cousinen den Himmel in seiner herrlichen Schönheit aus. Dorthin, so sagt er, werde er bald gehen.

Und dann stirbt mein Cousin. Wir Kinder sehen ihn noch einmal bei seiner Beerdigung. Er liegt in einem kleinen Sarg, gekleidet in ein weißes Hemd, über und über mit Blumen geschmückt. Der Sarg steht im Flur des Treppenhauses. Verwandte, Freunde und Nachbarn drängen sich im Haus, um der Trauerfeier beizuwohnen. Ich habe den besten Platz. Ich stehe auf der höchsten Treppenstufe und kann von dort genau in das Gesicht des Toten schauen. Der hat die Augen geschlossen und liegt friedlich lächelnd auf einem weißen Kissen.

Und nun will ich es ausprobieren. Mit meiner ganzen Kraft will ich mit Gott zusammen seine Augen öffnen und ihn zurückholen ins Leben. Gibt es nicht auch eine Geschichte in der Bibel, die von der Auferstehung eines kleinen Jungen berichtet? Doch all mein Bitten, mein Glaube, meine ganze Beschwörung helfen nicht. Der Sargdeckel wird geschlossen. Mein Cousin bleibt in dem dunklen Kasten, und wir alle weinen.

Die Kirchenglocken läuten. Der Leichenzug beginnt. Tante Pauline geht zusammen mit ihren drei Kindern direkt hinter dem Totenwagen. Wir folgen in einigem Abstand. Das schwarze Fuhrwerk mit dem Kindersarg wird von zwei Pferden gezogen. Über deren Rücken und Köpfe sind schwarze Tücher gelegt, und ihre Augen schauen durch zwei Löcher hindurch wie durch dunkle Brillen. Der schwarz lackierte Leichenwagen mit dem hölzernen Dach, einem Baldachin ähnlich, ist reich geschmückt und behängt mit Kränzen aus Tannengrün und Blumen. In finsterer Würde folgt ein langer Menschenzug dem kleinen Sarg bis zum Friedhof. Sechs Männer in schwarzen Anzügen mit Zylindern reihen sich ein. Sie tragen den Sarg vom Leichenwagen zum Grab. Die Kirchenglocken läuten. Der Pfarrer spricht ein paar Worte, die Gemeinde singt:

Die Blumen und das Laub
Die fallen in den Staub.
Und aller Erden Herrlichkeit
Die währt nur eine kurze Zeit
Und muss vergehn.

Der Kindersarg wird mit Seilen in das Grab hinabgelassen. Sie legen meinen Cousin in ein Erdloch. Das ist so tief und so dunkel! Darf das wirklich so sein? Ich habe doch so sehr die Auferstehung herbeigefleht!

In das Totenhaus gehen wir noch oft. Ada, die älteste Tochter von Tante Pauline und Onkel Helmut, erkrankt ebenfalls an der schrecklichen Leberkrankheit, die sich zu einer Lähmung entwickelt. Innerhalb eines Jahres kann Ada, 16 Jahre alt, sich nicht mehr bewegen. Wir Cousinen kommen, um sie hin und wieder abzulenken. *Spielen* nennt es Tante Pauline. Und wir Kinder spielen. Aber es ist anders als in anderen Häusern. Ada liegt neben uns auf dem Sofa. Wir singen ihr Lieder vor und erzählen Geschichten. Manchmal weint sie leise. Fliegen krabbeln über ihr unbewegliches Gesicht. Wir verscheuchen die Fliegen. Irgendwann gehen wir nicht mehr zu ihr. Sie stirbt nach zwei Jahren.

Großvater sitzt unterm *Abdach*, das ist das Vordach zum Hintereingang des Heckenhauses. Großvater dengelt die Sense. Er hat den Sensenstiel mit einer Lederschlaufe an der Decke befestigt, hält das Sensenblatt mit der linken Hand auf einem kleinen Amboss fest und schlägt in gleichmäßigem Rhythmus mit einem Spezialhammer die Klinge. Er klopft den äußersten Rand des Sensenblattes hauchdünn und glättet anschließend die Unregelmäßigkeiten mit einem Holzstab, der mit Schleifpapier beklebt ist. Großvater begleitet das Klopfen und Streichen des Metalls. Er formt seine Lippen zu einem lustigen Flötenmund und schnalzt im Gleichtakt mit Hammer und Sensenholz. Gleichmäßig atmet er, und kleine Pfiffe strömen dabei aus seinem Mund. Nennen die Großen ihn deshalb *pfiffig*? Oder doch wegen seiner schelmischen Augen, die so *kniepsk* schauen können?
Jede Woche wird die Sense geschärft, denn früh am Morgen, wenn die Wiesen noch feucht sind, mäht Großvater frisches *Grünfutter* für die drei Ziegen, die Milch und Butter für die Großfamilie im Haus liefern.

Unter dem Abdach werden Spaten, Hacken, Harken und andere Werkzeuge repariert. Hier steht auch die *Schneidelade*, mit der die Rübenblätter geschnitten werden, und hier werden Gemüse, Früchte und Kräuter gewaschen, bearbeitet, getrocknet.

Betritt man das Haus vom Abdach aus, kommt man in einen Raum mit Wasseranschluss und Ausguss. Das ist die *Futterküche*, in der das Tierfutter gekocht wird. Eimer, Schrubber, Körbe, Wannen, Putzzeug, kurz alles, was zur Pflege und Reinhaltung des Hauses notwendig ist, findet man ebenfalls in diesem Raum.
Neben dem Ausguss entdecken wir Kleinen etwas höchst Seltsames. Es ist ein mysteriöser Bluteimer. Jeden Tag steht er da. Gestrickte Windeln mit zwei Knopflöchern an den Enden, die ich schon von Mutter kenne, liegen darin. Was hat das zu bedeuten? Die großen Cousinen lachen verschämt, wenn wir sie danach fragen.

Gleich neben der Futterküche liegt ein kleiner Toilettenraum. Noch vor kurzem gab es hier ein *Plumpsklo*, das ist ein Holzkasten mit Loch über einer Grube. Der Onkel hat es durch eine moderne Toilette aus Keramik ersetzt. Ein Eimer mit Wasser zum Nachspülen steht bereit. An der Wand hängt ein kleines Brett mit einem Nagel. Darauf sind Blätter aus Zeitungspapier aufgespießt. Um Vorrat an Toilettenpapier zu haben, muss eines der Kinder täglich die *Freie Presse* vom Vortag mit einem Messer in handgroße Stücke schneiden. „Soll ich helfen?“, frage ich meine Cousine Erika. Gleichmäßig falten und knicken wir die Zeitungen zusammen, schneiden mit dem Messer die Kniffkanten entlang und erhalten rechteckige Papierstücke. Unsere Hände werden schwarz.
„Kennst du das Klo von meiner Oma Busch? Das ist toll!“, schwärmt Erika. Sie beschreibt es mir. Es ist ein großer Holzkasten mit großem Loch und passendem Holzdeckel und direkt daneben steht ein kleiner Holzkasten mit einem kleinen Loch und Deckel. „So ein Kinderklo ist besser als alle anderen“, stellt Erika fest. „Da musst du nicht

so hoch klettern. Die Füße kannst du auf den Boden stellen. Und außerdem kannst du nicht reinfallen."
Irgendwann darf ich das Klo von Oma Busch sehen und ausprobieren. Es *ist* großartig.

Durch die Futterküche hinterm Abdach geht es zu den Stallungen. Hier stehen drei Ziegen, mehrere Schweine und viele Hühner, die Onkel und Tante für ihre große Familie halten. Oft schleiche ich in den Stall, um das vertraute Gackern, Meckern und Grunzen der Tiere zu hören und ihre putzigen Gewohnheiten zu beobachten. Ich schnuppere Ziegen, Schweine, Hühner. Meine Finger streifen über Borsten oder Fell der schläfrigen Tiere. Es ist wohlig warm im Stall.

In der oberen Etage des Heckenhauses wohnt Onkel Friedel, der Schneidermeister mit seiner Frau Kati und vier Töchtern. Der Onkel ist lange in russischer Kriegsgefangenschaft gewesen. Er ist *Spätheimkehrer*, sagen die Großen. Als er seine Arbeit wieder aufnimmt, ist die Schneiderstube unser neues Eroberungsfeld. Wie viele neue Dinge gibt es zu entdecken und zu erleben. Onkel Friedel sitzt auf dem Schneidertisch! Schon das ist staunenswert, ist doch sonst solch ein Verhalten verpönt. In seinem Raum steht eine Schneiderpuppe, die das Maß für Exaktheit und Akkuratesse der Schneideranzüge ist. Kunden kommen, suchen Stoffe aus und bestellen einen Maßanzug. Der Schneider nimmt Maß. Er notiert vordere und hintere Länge, Armlänge, Umfang der Oberarme, Schulterlänge, Taillenumfang. Der Stoff und der Futterstoff werden zugeschnitten, die Teile zusammengereiht, auf die Puppe gelegt. Bei der ersten Anprobe steckt Onkel Friedel Nadeln, trennt auf, reiht neu. Vorm Nähen werden die Teile mit viel Dampf in Form gebügelt. So kann der Bauch, die schiefe Schulter oder der krumme Rücken des Kunden *maßgenau* vom neuen Stück umhüllt werden. Wie exakt der Onkel arbeitet! „Ja, das ist etwas anderes als so ein Stück von der Stange“, murmelt der Schneidermeister. Es dauert lange, bis er einen Maßanzug angefertigt hat. Aber unser Onkel hat Zeit. Immer seltener kommen Kunden. Man kauft mehr und mehr *von der Stange*.

Wir Kinder schauen dem Schneider bei der Arbeit zu, fragen nach den verschiedenen Werkzeugen, messen mit dem Maßband und der Elle, zeichnen mit Schneiderkreide, sortieren Knöpfe und sammeln jeden Tag neu die vielen Stecknadeln mit dem großen Magneten vom Fußboden auf.

Es gibt einen Tag im Monat, da kommt der Schneider in die Wohnküche der Großeltern, um als Friseur für die männlichen Wesen im Haus und aus der Nachbarschaft tätig zu sein. Er stellt einen Stuhl in die Mitte des Raumes. Großvater, Onkel, Cousins und Nachbarn nehmen nacheinander Platz. Unter ihnen ist auch der spätere Bürgermeister unseres Dorfes. Onkel Friedel legt ein großes Handtuch oder eine Schürze über die Schultern seiner Klienten und entfernt mit einer Haarschneidemaschine die zu lang gewachsene Haarpracht. Alle Männer und Jungen bekommen den gleichen Schnitt: Seitenscheitel und kurze Haare! Umsonst, versteht sich. Man spart das Friseurgeld. Sind alle Männerköpfe *in ne Fissen* (in der Fasson), nimmt Tante Johanne die Reinigungsarbeit auf. Kein Härchen darf im Raum liegen bleiben. Sie fegt, wischt den Linoleumfußboden und holt einen Bohnerbesen hervor. Das ist ein Eisenklotz mit Borsten, der mit einem Scharnier an einem Holzstiel befestigt ist. Wir Kinder dürfen uns auf den Eisenklotz setzen, und unsere Tante schiebt uns damit kreuz und quer durch den Raum. So bekommt das Linoleum seinen Glanz, und wir haben unseren Spaß.

An manchen Samstagen darf ich bei meiner Patin Johanne im Haus der Großeltern schlafen. Dann erlebe ich ein einzigartiges Ereignis: Opas Rasur!

An den Sonntagen, noch vor dem Kirchgang, kommt Großvater mit einem hölzernen Kasten aus der Schlafkammer und stellt ihn auf den Küchentisch. Er öffnet ihn, holt Seife, Pinsel, Messer, ein Wasserschälchen und einen Spiegel hervor, legt sich ein blaues Handtuch um den Hals und beginnt mit der sonntäglichen Zeremonie: Mit schnellen, leichten Handbewegungen schlägt er mit Wasser und Seife so viel Schaum, dass der Pinsel überquillt. Vorsichtig bestreicht er damit seine Wangen und sein Kinn und – plup – gibt er auch mir einen kleinen Tupfer davon auf meine Nase. Ganz dicht stehe ich neben ihm. Schließlich will ich mit ihm zusammen in seinen Spiegel schauen. Denn der hat es mir angetan. Riesig groß erscheint Opa darin. Jede Falte und jedes kleine Mienenspiel kann man erkennen. Sein Gesicht ist eine Landkarte von lauter Linien. In diese Landschaft hinein setzt Opa das erschreckend scharfe Messer. Er hat es extra an einem Lederband geschärft. Vorsichtig streicht er mit der Klinge über die Täler und Berge in seinem Gesicht und holt dabei den Schaum mit den Haarstoppeln von Wangen und Kinn. Manchmal erscheint danach ein Bluttropfen in Opas Gesicht. Mir graust es, denn es gibt so schreckliche Geschichten und Märchen mit Messer und Blut. Aber Opa lacht, und Tante Johanne klebt schnell ein kleines Pflaster auf die Wunde. Wie glatt jetzt Opas Gesicht ist. Ich darf einmal fühlen. Nur der Schnauzbart unter der Nase, der ist noch stachelig. „Das soll er auch sein“, meint Opa.

Nach der sonntäglichen Rasur macht Opa sich für den Kirchgang zurecht. „Bringst du mir mein Lügenhemd?“, ruft Opa seiner Frau zu. Habe ich richtig gehört? Lügenhemd? „Das ist ein *Schemisettchen*“, sagt Oma und reicht ih-

rem Mann ein seltsames, blütenweißes Kleidungsstück. Es ist ein steifer Kragen, angenäht an ein brustgroßes, gestärktes Stück Baumwollstoff. Eine Krawatte ist vorn am Kragen fest angewachsen. Opa legt sich das *Schemisettchen* auf seine Brust und um den Hals. Jetzt muss Oma helfen. Mit einem Knopf im Nacken und zwei Bändern an den Seiten schließt sie das Lügenhemd passgenau an Opas Oberkörper. Opa steigt in die dunkle Weste. Sie verdeckt den Rest des warmen Unterhemdes. Strahlend schön erscheint das *Schemisettchen* im Westenausschnitt. Nichts ist zu sehen von dem Betrug.
Und nun der End- und Höhepunkt der Zeremonie am Sonntagmorgen. Opa holt seine Taschenuhr mit Deckel hervor. Mit einer Uhrkette hakt er sie an einem Knopfloch fest. „Alles rein von Gold", schmunzelt er, klappt den Uhrendeckel bedeutungsvoll auf und zu und versenkt den Sonntagsschmuck in der linken Westentasche.
Opa legt das Jackett an, passend zu Hose und Weste. Wolle. Auch im Sommer. Opa setzt seinen Hut auf. Er ist fertig für den Kirchgang. Kirchgang mit Lügenhemd und Taschenuhr!

Geburtstage im Familienkreis sind wie Butterflöckchen auf Omas Zuckerkuchen. Große und Kleine freuen sich, wenn wieder einmal ein Jahrestag gefeiert wird. Mein Geburtstag ist natürlich der allerschönste. Gleich danach aber kommt Großvaters Geburtstag. Der ist etwas ganz Besonderes. Er hat einen Hauch von einem verbotenen Fest. Einen *Hauch*!

Mutter geht mit uns Kindern schon am frühen Nachmittag zum Heckenhaus, um zu gratulieren und in großer Runde

bei Kaffee und Kuchen zu plaudern. Bald verschwinden wir Enkelkinder, wie üblich bei Familienfeiern, von der Kaffeetafel und spielen im Haus und auf der Straße. An Opas Geburtstag sind wir nicht ganz bei der Sache. Wir warten, wie in jedem Jahr, auf Kamerad Plöcker. Der macht sich endlich gegen 5 Uhr am Nachmittag bemerkbar. Vorm Heckenhaus steht er mit seiner Trompete und bläst. „Das ist der große Zapfenstreich", sagt Opa und empfängt freudig seinen alten Kriegskameraden. Mit ihm war er als Tambour im 55er Regiment, und mit ihm zusammen hat er in Frankreich gekämpft.
Wie die Kinder mit dem Rattenfänger zu Hameln so schleichen wir Enkelkinder mit dem neuen Gast in die Wohnstube. Leise verteilen wir uns unter und neben den besetzten Sesseln und Stühlen im Raum.
Kamerad Plöcker nimmt in der Stube auf dem Sofa direkt neben Opa Platz. Zur Begrüßung schenkt Tante Johanne einen *Wippermann* ein. Opa trinkt seinem alten Freund zu. Es gibt noch einen Klaren, noch einen und noch einen.
Die Großen sagen, die *Döneken* von Nachbar Plöcker sind nichts für Kinder. Stiekum müssen wir sein. Wir dürfen nicht auffallen. Dann übersehen uns die Großen. Wir spitzen die Ohren, denn langsam hat der Schnaps die Zungen gelöst.
Kamerad Plöcker hält die Fäden der Plauderstunde in der Hand. Er weiß, wie er seine Zuhörer neugierig macht, und er kann sie immer wieder mit neuen Geschichten vom Krieg 14/18 überraschen. Lustige und listige Geschichten sind es, keine traurigen. Und dann seine Witze, seine *Fissematenten*! Ist das Plattdeutsch? Oder hat er sich die Wörter ausgedacht? *Strissebüssen* bedeutet Luftpumpe. *Schemisettken* sind halbe Hemden, *Trottwar* ist der Gehweg, und *Wulansche* sind Rüschen. Das Spiel mit den komischen Wörtern

will kein Ende nehmen. Woher hat er sie nur, diese Wortgebilde? Großvater hat eine Wanduhr aus Frankreich mitgebracht. Die hängt jetzt in der Wohnstube und tickt leise. Vielleicht hat sein Kamerad ja eine Wörtersammlung aus dem Krieg mitgebracht. Die mischt er jetzt mit richtigen und plattdeutschen Wörtern. Wir Kinder verstehen sie nicht immer. Aber wir erleben die ausgelassene Lebensfreude der Erwachsenen. Die steckt an, und wir genießen sie in unseren Verstecken. Als der Gast mit seiner Trompete, wie in jedem Jahr, das Abendlied bläst, kommen wir Enkelkinder hervor und stimmen in den Gesang der Geburtstagsgäste ein:

Kein schöner Land in dieser Zeit
Als hier das unsre weit und breit,
Wo wir uns finden wohl unter Linden
Zur Abendzeit.

Im Fotokasten liegt ein Bild von meiner Großmutter. Ein ernstes, zartes Gesicht mit großen Augen schaut mich an. Ein Augenlid ist ein wenig müde, das andere ist hellwach. Die Haare trägt Großmutter streng an den Kopf gelegt. An beiden Seiten des Mittelscheitels zieren krause Locken. Ich schaue ihr zu, wenn sie eine lange Haarnadel in die Herdglut legt, sie um zwei Strähnen über der Stirn wickelt und sie nach kurzer Zeit wieder entfernt. Zart gekräuselt sind die Strähnen jetzt. Nicht zu heiß darf die Nadel sein. Oma kontrolliert an einem Stück Zeitungspapier. Schließlich soll das Haar nicht verbrennen.
Wenn Großmutter in die Stadt fährt, kleidet sie sich in ein dunkles, langes Kleid, geschmückt mit einem weißen Kragen. Darüber kommt der leichte schwarze Tuchmantel. Ein kleiner Hut, in Schwarz, versteht sich, wird von einer Hutnadel auf dem weißen Haar gehalten. Zierliche, knöchelhohe Stiefeletten, von Oma *Trotteure* genannt, machen die Ausgehgarderobe komplett. „Eitel ist sie“, sagt die Tochter. Die muss noch einmal nachschauen, ob alles an ihr wohl geordnet ist. Hat der Mantel auch keinen Fleck, ist der Saum nicht ausgerissen, sind die Ohren sauber? Noch ein letzter Blick in den Flurspiegel, eine letzte Anweisung an die Hausbewohner, und Oma geht mit ihren Trippelschritten leichtfüßig zur Haltestelle der Elektrischen. „Fußpflege muss sein.“ Mit diesem Satz verlässt sie das Haus.

Der Platenkuchen ist das Freud- und Leidgebäck im Haus meiner Großeltern. Den Familienfesten, den Feiertagen und sogar den Beerdigungen verleiht er einen süßen Geschmack.
An den Tagen vorm Fest, meistens ist es der Samstag, setzt Oma ein großes Stück Hefe mit etwas Zucker, Milch und Mehl zum Vorteig an. Nach einer halben Stunde fügt sie Eier, Mehl, eine Prise Salz, etwas Milch hinzu und knetet daraus den Hefeteig. „Nun muss er in Ruhe gehen“, sagt Oma und deckt den Topf mit einem Geschirrtuch ab. Neugierig lüfte ich von Zeit zu Zeit das Tuch. Kann der kleine gelbe Klumpen wirklich wachsen?
Als Oma nach zwei Stunden den Topf auf den Küchentisch stellt, quillt ein dicker, fetter Hefebauch hervor. „Er ist gut“, sagt Oma. Sie holt ein riesengroßes Blech hervor. Meine Cousine Magda hat es am Vortag vom Bäcker ausgeliehen. Oma bestreicht die Form mit Öl und rollt den Teig darauf aus. „Er muss noch einmal gehen“, sagt Oma, deckt wieder mit einem Tuch ab und stellt noch einmal warm.
Viel Zeit vergeht. Dann endlich kommt Omas Zauberwerkschau. Darauf habe ich gewartet. Sie nimmt ein halbes Pfund Butter, schneidet ein Flöckchen ab, streift es mit ihrem Daumen vom Messer und drückt es in den Hefeteig, genau platziert in eine Ecke. Ein zweites Butterflöckchen folgt, ein drittes und viertes. Unendlich viele Fettklümpchen rutschen in Windeseile an ihren vorgesehenen Platz. Woher kennt Oma den genauen Plan? Wie maschinengepflanzt liegen die Butterstückchen in Reih und Glied auf dem Hefekuchenfeld.
„Fertig“, sagt Oma. Sie wechselt ihre staubige Schürze mit einer sauberen, stemmt das schwere Kuchenblech auf die Hüfte und trägt es zur Bäckerei an der Mühle, einen hal-

ben Kilometer entfernt vom Heckenhaus. Dort stehen viele Nachbarinnen mit ihren Blechen. Sie alle wollen, wie Oma, die Nachhitze im großen Backofen der Bäckerei nutzen, nachdem der Bäcker seine Tagesarbeit getan hat.
Oma holt eine kleine Tüte aus ihrer Schürzentasche und streut mit leichter Hand weißen Zucker über das Butterfeld. Sie schiebt das Blech zu den anderen in das heiße Ofenloch.
Jetzt endlich haben die Frauen Zeit. Sie plaudern, erzählen und warten. Froh gelaunt tragen sie nach einiger Zeit ihr duftendes Gebäck nach Hause. Später, wenn ich vom Platenkuchen esse, erinnert meine Nase den warmen Geruch der Backstube, und meine Zunge sucht die tiefen, süßen Butterlöcher im schlichten Hefeteig.

An einem Abend bin ich in Omas Wohnküche, als sie sich für das Bett zurecht macht. Ich stehe da und staune.
Großmutter tauscht die dunkle Farbe ihrer Kleider mit dem Weiß ihrer Wäsche. In einem knielangen, selbst genähten Nesselhemd steht sie vor einer Konsole und legt ihren langen Zopf ab. Den hat sie sich vor Zeiten aus echten Haaren flechten lassen. Tagsüber dient er dazu, den Haarknoten üppiger zu gestalten. Jetzt hängt nur noch das eigene dünne Zöpfchen über ihrem Nacken. Eine Nachtjacke aus festem Baumwollgewebe, *Barchent* genannt, zieht Oma über das Hemd. Ihre Füße steckt sie in gehäkelte Bettschuhe. Und nun kommt die Krönung! Oma holt ihr Nachthäubchen aus weißem Baumwollstoff hervor und schiebt es vorsichtig über ihren kleinen Kopf. Feine Spitze umrahmt ihr zartes Gesicht. Die zwei langen Bänder an dem Häubchen bindet sie unter dem Kinn zu einer Schlei-

fe. So kann nichts verrutschen. Nun sieht sie genau so aus wie Rotkäppchens Großmutter in unserem Märchenbuch.

In ihrer Schlafkammer ist es im Winter so kalt, dass Eisblumen am Fenster wachsen. Da reicht die Nachtkleidung nicht aus. Im Backofen des Küchenherdes hat Oma einen Ziegelstein angewärmt. Der liegt schon, eingehüllt in ein Tuch, in dem hohen Anderthalb-Schläferbett. Oma holt eine kleine Flasche Wacholder hervor. Sie füllt etwas von dem Klaren in ein Gläschen und schluckt mit verächtlicher Miene den Schlaftrunk hinunter. Sie schüttelt sich und murmelt „Das wärmt von innen." Dann endlich verlässt Oma die Wohnküche und verschwindet in der Schlafkammer. Opa liegt schon unter dicken Federn im gemeinsamen Ehebett und schnarcht.

Viele Seiten meines Erinnerungsbuches beginnen und enden mit meiner Patentante Johanne. Sie lebt im Heckenhaus, zusammen mit der großen Sippe als Tochter der alternden Eltern, Schwester der verheirateten Geschwister und Tante für 25 Nichten und Neffen.
Johanne ist unverheiratet. Einen Mann in ihrem Leben gibt es während meiner Kindheit nicht. Es heißt, sie sei einmal verliebt gewesen. Aber jetzt ist die Großfamilie ihre große Liebe. Für sie und mit ihr lebt sie.

Meine erste Erinnerung an die Patin Johanne bringt mich in ihren Schlafraum. Er liegt hinter den zwei Kinderzimmern, Kammern genannt, in denen sechs ihrer Nichten in verschieden großen Betten schlafen. Ich darf an Wochenenden bei ihr sein, das bedeutet auch einen Abend im Ne-

benzimmer zwischen meinen Cousinen in einem großen Bett. Wie viele schlafen in einem Bett, in dem die Matratze mit Strohmaterial gestopft ist? Sind es vier oder fünf, wenn ich noch hinzukomme? Auch am Fußende liegt eine der Cousinen. Es ist warm und eng und herrlich aufregend. Wir erzählen, lachen, streiten und singen das Abendlied:

Müde bin ich, geh zur Ruh,
schließe beide Augen zu.
Vater, lass die Augen dein
Über meinem Bette sein.

Tante Johanne kommt, um mich in ihre Kammer zu holen. Sie legt mich in ihr Doppelschläferbett, das sie an den anderen Tagen der Woche mit einem ihrer kleinen Neffen teilt. Bevor sie sich schlafen legt, kniet sie nieder und betet. Danach bitte ich sie um eine Geschichte, eine von den gruseligen, und unter Lachen erzählt sie mir von Räubern und Zigeunern, die kleine, böse Kinder stehlen.

Schon bald muss meine Tante ihr Zimmer räumen. Die stetige Vergrößerung der Familie ihres ältesten Bruders erfordert es. Sie zieht in das Wohnzimmer ihrer Eltern. Ein Bett wird hineingestellt. Wenn ich jetzt bei ihr schlafe, liege ich auf dem Sofa. Von hier aus sind die Cousinen zwar nicht so schnell zu erreichen, doch der neue Schlafplatz bietet andere Vorteile.
In der Stube steht eine große Standuhr mit einem goldenen Pendel. Sie ist wunderschön. Sie erinnert an das Märchen von den sieben Geißlein, und sie verkündet mit ihrem dunkel-warmen Klang jede Viertelstunde die Zeit. Außerdem liegt auf dem Wohnzimmerschrank ein weißes Schaf aus Gips. Das sieht ähnlich aus wie das Schaf mit

dem guten Hirten auf dem frommen Bild an der Wand. Wunderschön ist das Schaf. Und das Bild? Ja, auch wunderschön. Doch die Geschichte dazu passt mir nicht. Sie ist mir nicht geheuer. Ich will nicht so ein Schaf sein.

Tante Johanne arbeitet wöchentlich 45 Stunden in der Wäscherei und Näherei des Detmolder Lazaretts. Früh morgens um 6 Uhr fährt sie mit der Straßenbahn zu ihrer Arbeitsstelle. Nachmittags gegen 17 Uhr kommt sie zurück. Oft stehen wir Kinder im Garten und warten auf sie, denn sie kommt nicht selten auf einen Sprung zu uns ins Haus vor der Recke. Sie will uns sehen. Sie bringt kleine oder größere Geschenke mit. Ein kleines Geschenk ist das *Hasenbrot*, so nennen wir ein belegtes Brot, das sie am Morgen mit zur Arbeit genommen hat und nun als Rest etwas Besonderes für uns Kinder ist. Ein großes Geschenk ist ein von ihr genähtes Wäschestück. Aus einem Rest Nesselstoff näht sie ein Leibchen oder ein Hemd, und aus einem Rest Strickstoff näht sie warme Schlüpfer. Mutter freut sich über diese Art von Geschenken, aber wir wissen nur zu gut, wie sehr diese Wäsche unserer zarten Haut zusetzen kann. Wie oft stehen wir früh morgens im Sofa und versuchen, unsere dicken Schlüpfer und Wollstrümpfe anzuziehen. Sie kratzen so sehr! Und dann die schrecklichen Strumpfbänder! Sie sind an das Leibchen angenäht und reichen bis zum Oberschenkel, um dort an die Strümpfe angeknöpft zu werden. Das ist eine schwierige Angelegenheit. Immer wieder rutschen die Wäscheknöpfe aus den Strumpfbandgummis. Die Schlüpfer sind zwar warm, aber die Haut mag sie nicht. Wenn es doch nur des Öfteren Wäsche zu kaufen gäbe! „Die Zeiten sind schlecht“, sagt Mutter.

Tante Johanne ist in ihrer Jugend in einem Arzthaushalt als Hausmädchen *in Stellung* gewesen. Sie verehrt *Doktors* noch immer und hätte selbst gern den Beruf einer Krankenschwester erlernt. Diese Vorliebe reicht aus, um sie in der Großfamilie als Fachfrau für Gesundheitsfragen anzuerkennen. Bauchkneifen, Ohrenschmerzen, Halsentzündung: Tante Johanne weiß, welchen Tee, welche Salbe, welche Tabletten helfen können. *Hoffmannstropfen, Baldrian-* und *Achterleitropfen*, *Bullrichsalz*, *Zinksalbe* und *Biochemie-Pillen* reicht sie großen und kleinen Patienten. Willig nehmen wir, was sie uns mit großer Überzeugungskraft anpreist.

Die Feste und Feiertage in der Großfamilie sind zahlreich. Da gibt es Arbeit in Mengen. Jeder Kuchen wird selbst gebacken. Der Kartoffelsalat, der Heringssalat und alle belegten Brote werden von eigener Hand hergestellt und dekoriert. Geburtstage, Hochzeiten, Beerdigungen – Tante Johanne ist zur Stelle. Sind die Gäste gegangen, steht Tante Johanne in der Küche und spült das Geschirr.

Ene Mene Tintenfass,
Geh zur Schul und lerne was.
Wenn du was gelernet hast,
Komm nach Haus und zeig mir das.

Im Frühjahr 1945 ist der Krieg vorüber. Ich werde noch einmal neu eingeschult. Auf einem Foto steht das Schulkind in einem Kleid, das Mutter genäht hat. Es ist ein bunt gestreifter Trägerrock, dem ein rotes Herz als Tasche, ein Rest der Hakenkreuzfahne, aufgenäht ist. Rotkäppchenkleid! Das Kind trägt die Zöpfe an den Ohren zu Schnecken aufgesteckt. Der Schulranzen ist nicht neu. Er ist von einem Cousin *geerbt*. Sein hellbraunes Leder ist wunderbar weich, die Spuren von Gebrauch mindern seine Schönheit nicht. Aber er hat einen Verschluss, den nur Jungenranzen aufweisen. Schade!

Der erste Schultag der zweiten Einschulung. Keine Süßigkeiten, keine Schultüte. Wir üben wieder die Begrüßung. Diesmal ein wenig anders als bei der ersten Einschulung. Unsere Lehrerin sitzt erhöht auf ihrem Stuhl hinter dem Pult. „Jede Schülerin geht langsam an mir vorüber, macht einen Knicks und sagt *Guten Morgen*, aber laut." Zwölf Mädchen tun, wie ihnen geheißen, geben ihr Bestes. Die Jungen müssen Begrüßung mit *Diener* lernen. Verlegen murmeln sie das *Guten Morgen* und senken den Kopf. Frau

Wermel gefällt es nicht. „Nicht nuscheln, laut sprechen!“, schimpft sie.

Am nächsten Tag beginnt der Schulalltag. Mutter hat mich mit einem Holzscheit zum Heizen des Kanonenofens im Klassenzimmer ausgestattet. Es ist in Zeitungspapier eingewickelt und liegt neben dem Pausenbrot und den Schulutensilien im Tornister.
Gemeinsam mit meiner Cousine Erika und zwei Nachbarmädchen gehe ich die Dorfstraße hinauf bis zur Schule. Sie liegt fast am Ende des Dorfes. Das ist ein langer Fußweg. Er dauert in der Regel eine halbe Kindergehstunde. Kastanien, Pusteblumen, die Straßengräben und der Bach können die halbe Gehstunde auf beinahe eine ganze anwachsen lassen. Oft bleiben wir an der Brücke stehen und schauen nach den Forellen. Die Jungen aus unserer Klasse stehen im Wasser und wollen Forellen fangen. Wie geschickt sie sind! Wir staunen. Sie sind stolz. Langsam schlendern wir weiter, bis die *Großen* aus der Schule kommen. Sie haben vor uns Unterricht gehabt und treiben uns I-Männchen zur Eile. Wir rennen los. Hoffentlich kommen wir noch pünktlich. Frau Wermel wird sonst ungemütlich.
Frau Wermel kann aus vielen Gründen ungemütlich werden. Wenn sie den Klassenraum betritt, sehen wir an ihrer Frisur, ob Vorsicht geboten ist. Mit zwei Kämmen steckt sie ihre grauen Haare an den Seiten zurück. Wenn diese Kämme ordentlich sitzen, ist sie guter Dinge. Aber wehe, wenn ein Kamm schräg steckt oder in die Höhe steht! Habt Acht! Das kann Ungeduld oder Zorn bedeuten!

Begrüßung im Chor, Choralsingen, Hinsetzen.

Frau Wermel steht erhöht hinter dem Lehrerpult. Zweiunddreißig Kinder sitzen, Mädchen und Jungen getrennt, in ihren Zweier-Holzbänken mit den schmalen Holztischen davor und schauen sie an. „Legt die Schiefertafel vor euch auf den Tisch. Ist sie blitzblank gesäubert, oder sind noch Spuren vom Vortag zu erkennen? Holt den Griffelkasten hervor. Hat jeder einen angespitzten Griffel, einen spitzen Bleistift und einen Radiergummi? Wo ist der feuchte Schwamm und der Trockenlappen dazu?“ Frau Wermel geht von einem Kind zum nächsten. Sie rügt, wenn der Schwamm nicht nass ist, wenn ein Trockenlappen fehlt, wenn der Griffel nicht spitz ist. Sie lobt eine gute Schrift, ein sauber geführtes Heft. Wehe, wenn die Hausaufgaben mit Fettflecken oder geknickten Seiten versehen sind. Mit ekelverzerrtem Gesicht zeigt sie das Heft in die Runde.
Für den Rechenunterricht bringen wir Holzstäbchen mit. Wir haben sie am Vortag zu Hause aus Weidenzweigen geschnitten und zu Zehnerpäckchen mit Bindfäden zusammengebunden. Vater hat mir dabei geholfen. Meine Päckchen sind in Ordnung. Aber viele Mitschüler müssen sich die Kritik von Frau Wermel anhören! „Unordentlich, nicht richtig, morgen vorzeigen!“, heißt es.

Wir lernen schreiben. Zuerst kommt das ***i***. An der Wandtafel steht das ***i*** in lateinischer Schrift. Wir schreiben es mit unserem Griffel auf unsere Schiefertafel. Die ganze Tafel voll ***i***. Und gerade müssen sie in der Reihe stehen, diese ***i****s*! Nur nicht über die Linien schreiben oder gar über den Rand! 32 ungelenke Kinderhände kratzen mit ihren harten Schieferstiften in die Tafel, dass die Gelenke schmerzen. Dazu der rhythmische Singsang „Rauf, runter, rauf, Pünktchen obendrauf.“ Hoffentlich ist Frau Wermel uns gnädig, wenn sie durch die Reihen geht. Ob sie wieder an den Ohren von Kurt zieht? Der wird doch jeden Tag ausgeschimpft, weil seine Tafel so verschmiert ist und sein Griffel stumpf. Nun müssen wir auch noch die Hände vorzeigen. Frau Wermel kontrolliert die Fingernägel. Klar, dass Kurt wieder auffällt. Mit Schlägen auf die Finger werden die schwarzen Ringe unter seinen Nägeln geahndet.

Gegen 12 Uhr muss Frau Wermel für sich und ihre vierköpfige Familie kochen. Sie geht vom Klassenraum drei Stufen hinauf in die Wohnküche ihrer Wohnung. Wir schreiben oder rechnen währenddessen. Wenn es zu laut wird, schaut sie durch ein kleines Fenster aus ihrer Küche in unseren Klassenraum. Energisch ruft sie uns zur Ordnung, und 32 Kinder senken erneut ihre Köpfe.

Ich habe meine Schiefertafel voll geschrieben. „Frau Wermel, ich bin fertig." Frau Wermel kommt, schaut nach und schickt mich zusammen mit zwei weiteren Schnellschreiberinnen in ihren Garten zum Krautjäten.
Im Salatbeet hinter der Schule verbringen wir die letzte halbe Stunde des Unterrichts. Ist es die Belohnung für das Schreiben, oder sind wir eine willkommene Hilfe in ihrem Garten? Wir wollen es gar nicht wissen. Es macht Spaß. Wir genießen den Garten, denn wir sind ohne Aufsicht.

Nach ein paar Wochen schreiben wir unser erstes Diktat. Wir haben geübt, mit dem Bleistift auf Papier zu schreiben. Das Papier der Hefte ist schlecht. Einige Schüler haben kein Heft. Sie holen sich aus dem Altpapier der Papiermühle im Dorf die leeren Seiten eines Buches. Mein Diktatheft ist etwas Außergewöhnliches. Es ist ein Geschenk aus Frankreich. Vorsichtig streiche ich über den hellblauen Einband und berühre liebevoll das Papier. Es ist

nicht stumpf und grau wie üblich. Die Seiten sind strahlend weiß. Wie frische Apfelhaut, so glatt ist diese Oberfläche. Makellos! Mit höchster Konzentration und voller Eifer male ich den geübten Diktatsatz auf die erste leere Seite: *O sein Biesenmaul.* Als Frau Wermel am nächsten Tag die Hefte zurückgibt, steht eine rote 3 unter meinem schönen Diktat. Rot wie Blut. Das Heft ist verletzt.
Es heißt *Riesenmaul* und nicht *Biesenmaul!*

An jedem Morgen findet in der ersten Unterrichtspause die Schulspeisung statt. Die *Amis* bieten mit dieser Aktion Hilfe für die hungernde Bevölkerung. Frau Wermel bereitet die warme Mahlzeit auf einem Herd im Keller des Schulgebäudes vor. In langen Reihen gehen wir Kinder mit einem Essgeschirr zu der Ausgabestelle und nehmen die Suppe in Empfang. Gibt es eine Suppe mit Fleisch, das an der Oberfläche schwimmt, werden zunächst die *Normalverbraucher* mit den guten Brocken versorgt. Bei der Milchsuppe mit den schweren Rosinen am Grund des Topfes müssen die *Selbstversorger* die dünne Suppe abschöpfen, bevor die *Normalverbraucher* an der Reihe sind. So wird verteilt, mehr oder weniger gerecht. Ich bin *Selbstversorger.*
An besonderen Tagen gibt es die *Care-Pakete.* Sie sind für alle Kinder gleich. Mit Schokolade, Kaugummi, Datteln und Brausepulver kommen sie direkt aus dem Paradies Amerika.

In der Schule gibt es Läuse. Verschämt und mit leiser Stimme spricht man von dem geheimnisvollen Ungeziefer. Was sind das für Tiere? Sind sie eklig oder gefährlich?
An einem Schulmorgen nimmt Frau Wermel einen spitzen Griffel in die Hand und geht von einem Kinderkopf zum anderen. Sie streift die Haare zur Seite, schaut genau und

teilt die Kinder in Schafe und Böcke: „Du hast Läuse, dein Kopf ist voller Nissen! Und du hast keine!" Habe ich richtig gehört? Sind meine Läuse nicht so schlimm wie die von der Monika? Oder habe ich mir das eingebildet? Zu Hause bestäubt Mutter meine Haare mit einem weißen Pulver und umwickelt den Kopf mit einem Tuch. „Morgen", sagt sie, „ist alles wieder gut."

Auf unserem Schulhof stehen ein Holzbarren und ein Turnreck. Sie sind fest montiert. In jeder Pause schleichen wir um die Geräte herum. Ob wir sie doch mal ausprobieren sollen? Das Verbot, sie nicht zu berühren, gilt. Aber vielleicht sehen die Lehrer es nicht.
An einem Morgen klettern und turnen wir trotz Verbot. Alle Kinder sind glücklich. Was sind das für großartige Spielgeräte! Als wir nach dem Pausenklingeln die Klasse betreten, sitzt Frau Wermel auf ihrem Podest. Ihr Haarkamm sitzt schief, sie schaut sehr ernst. „Jeder, der auf dem Reck oder Barren geturnt hat, kommt zu mir nach vorn." Im Gänsemarsch, mit gesenkten Köpfen gehen 32 Kinder zum Podest und strecken die kleinen Hände zur Lehrerin. Sie schlägt mit dem Zeigestock in jede Hand. Wie weh das tut! Ich habe keine Schuldgefühle. Ich bin wütend! Bisher habe ich die Strenge von Frau Wermel akzeptiert, aber diesmal ist sie zu weit gegangen. Niemand weint, niemand spricht. Ich beiße die Zähne zusammen. Ich protestiere, lautlos.

Wanderausflug! Was für eine wunderbare Abwechslung im tristen Schulalltag. Frau Wermel und eine zweite Lehrerin unternehmen mit uns eine Wanderung zum Winfeld im nahe gelegenen Wandergebiet. Wir laufen durch den Hochwald, spielen Völkerball auf einer Lichtung, sitzen gemeinsam im Gras, um unsere Wegzehrung, die Brote und den Obstsaft, zu genießen. Als wir am späten Nachmittag auf dem Heimweg sind, kommt uns ein Mann entgegengelaufen. Er spricht mit Frau Wermel. Sie schreit laut auf. Sie verlässt uns zusammen mit dem Fremden. Was ist geschehen? Wir erfahren es noch auf dem Rückweg zur Schule: Herr Wermel, der Ehemann unserer Lehrerin, hat sich das Leben genommen. Er hat sich erhängt. Im Dorf wird gemunkelt. Ich höre das Wort *Entnazifizierung*.

Der Sport- und Handarbeitsunterricht wird von Fräulein Stabig erteilt. Sie war BDM-Führerin im *Dritten Reich* und hatte eine strenge Ausbildung zu vertreten. Deutsche, blonde Mädchen sollte sie zu sauberen, ordentlichen und moralisch einwandfreien Frauen erziehen. Dazu diente auch die Leibesertüchtigung. Dem Führer Kinder schenken war Erziehungsziel für die angehende gesunde deutsche Frau. Nach dem Zusammenbruch des *Tausendjährigen Reiches* ist Frau Stabig unsere Lehrerin. Im Sportunterricht stehen wir in Reih und Glied, schwenken die Keulen, wiegen uns mit Bändern und Reifen in rhythmischen Bewegungen. Da gilt es, sich einzuordnen, im Takt zu marschieren, der Lehrerin zu gehorchen. Feuerrot wird sie im Gesicht, und Zornesausbrüche erleben wir, wenn Rolf aus der Reihe tanzt oder Meta für den Handarbeitsunterricht die Stricknadeln vergessen hat. „Sie kann gefährlich werden“, sagt Erika.

Im ersten Schuljahr lernen wir die Buchstaben, die uns Frau Wermel an die große Schiefertafel schreibt. Daraus entstehen nach und nach Sätze und kleine Texte. Später bekommen wir das Lesebuch mit dem Titel *Jugendborn*. Diese Sammlung von Gedichten und Geschichten besingt die Jahreszeiten, erzählt lustige Begebenheiten, zum Teil auch in plattdeutscher Mundart, und vermittelt Moralvorstellungen. Der Holzschnitt vom Auge Gottes und die dazugehörige Geschichte von den naschenden Kindern im Keller beeindrucken uns tief.

An einem Schulmorgen zeigt uns Frau Wermel ein Fundstück aus unserem Klassenraum. „Wem gehört dieser Griffel?“, fragt sie. Der Griffel ist wunderbar. Ich schaue genau hin. Er ist perfekt angespitzt. So gut kann ich es nicht. So gut kann das nur ein Erwachsener. Diese exakte, lange Spitze! Aber mir gehört der Griffel nicht. Ich schaue mich um. Niemand meldet sich. Ich warte. Schließlich hebe ich vorsichtig die Hand. Frau Wermel kommt auf mich zu und reicht mir den Griffel. Mir wird heiß. Ich nehme das ersehnte Stück entgegen und lege es in meinen Griffelkasten, dort, wo ein wenig Watte die Spitze schützt. Ich bin sehr aufgeregt. DER GRIFFEL GEHÖRT MIR NICHT! Der Heimweg mit dem Griffel, der Abend mit dem Griffel, die Nacht und der Morgen mit dem Griffel in meinem Ranzen! Mir geht es sehr schlecht. Ich habe gelogen. DER GRIFFEL GEHÖRT MIR NICHT! Der nächste Schultag beginnt. Ich kann mich nicht konzentrieren. Der Griffel hat sich eingebrannt in meinen Kopf. Es klingelt zur ersten Pause. Mein Herz klopft laut. Unbemerkt von anderen nehme ich den Griffel, schleiche zum Lehrerpult und lege dort verstohlen das heiße Stück ab. Erleichtert laufe ich zu meinen Freundinnen auf den Schulhof. Mit keinem Wort erwähne ich meine Schande und meine Reue. Aber das Auge Gottes hat es gesehen. Das steht im Lesebuch.

Im zweiten Schuljahr besucht ein Fotograf unsere Dorfschule. Zusammen mit Frau Wermel stehen wir vor der grauen Mauer unserer Schule. Ich schaue mir das Foto an.
Da stehen sie, Mädchen und Jungen getrennt, in ihren meist verschlissenen und geflickten Kleidern und Hosen. Einige der Mädchen tragen eine Schürze über dem Kleid. Ihre Frisuren sind Zöpfe, Affenschaukeln oder eine Haarrolle. Die Kleidung ist selbst gestrickt oder genäht. Die Schuhe sind von den größeren Geschwistern oder Freunden abgetragen. Viele Kinder laufen in Holzschuhen. Ein Mitschüler trägt eine Jacke aus Zeltplanenstoff. Auch der Mantel unserer Lehrerin ist in die Jahre gekommen. Die Armut schaut aus dem Foto. Doch wir Kinder empfinden uns nicht als arm. Wir sind voller Lebensfreude.

Im dritten Schuljahr bekommen wir eine neue Lehrerin. Fräulein Ort ist jung und hübsch. Sie trägt eine Kurzhaarfrisur und ist modisch gekleidet. Ihre Heiterkeit ist ansteckend. An jedem Schulmorgen findet sie genügend Gründe, um mit uns zu lachen. Damit erobert sie unsere Herzen.
Im Schulgebäude herrscht Enge. Viele Flüchtlingskinder sind zugezogen. Sogar katholische sind darunter. Das Wort müssen wir erst lernen. Bisher war man im Dorf evangelisch.
Ein neuer Klassenraum muss her. Man findet ihn hoch oben im Schulgebäude. Wir beziehen den Dachboden, in dessen Mitte ein Schornstein den Blick auf die Schiefertafel versperrt. Eng ist es. Durch zwei kleine Dachfenster fällt Licht in den Raum. Die Luft für 32 Kinder ist schnell stickig und verbraucht.
Doch Fräulein Ort gestaltet unseren Schulalltag in diesem seltsamen Klassenzimmer trotz aller Widrigkeiten ganz

nach unserem Geschmack. Wir holen Blumen, Steine, Früchte und Werkzeuge in den Unterricht. Wir bauen aus Pappe Häuser und Räume. Sogar einen Sandkasten lässt unsere Lehrerin in den Klassenraum tragen, um darin unser Dorf im Modell zu bauen. Es wird lebendig in den Schulstunden. Voller Eifer erfüllen wir unsere Aufgaben.

Der Höhepunkt der Woche ist die Vorlesestunde am Samstag. Wir erwarten sie sehnlich. Unser Fräulein Ort liest uns die Geschichte von der *Biene Maja* vor. Und diese Geschichte zieht uns so sehr in ihren Bann, dass wir mit der liebenswerten Maja zu leben beginnen. So wie sie wollen wir unser Leben auch in vollen Zügen genießen, wollen raus aus der Enge.
Ich weiß, direkt neben meinem Elternhaus wohnt sie, die *Biene Maja*. Bestimmt!
Unser Nachbar, der Tischler züchtet Bienen. Seine Bienenvölker leben neben unserem Garten in einem Holzschuppen. Sicherlich wohnt die Biene Maja unter ihnen. Der Nachbar hat uns oft gezeigt, wie er die Wabengitter mit dem Honig aus den Bienenkörben holt. Er muss sich dabei vor den Stichen der bösen Bienen mit seinem großen Schleierhut und dem Rauch aus seiner langen Imkerpfeife schützen. Der Imker in Gefahr!
Jetzt hat sich das Blatt gewendet. Wir stehen auf der Seite der Biene. Wir klatschen Beifall, wenn sie die Gefahren meistert, in die sie durch die Menschen gerät.
Eine wunderbare Bücherwelt tut sich auf.

Zu Hause gibt es einige wenige Bilderbücher. Uns gehört ein Märchenbuch, das Buch vom Struwwelpeter mit seinen seltsam bedrohlichen Geschichten, und dann das Bilderbuch mit Versen, die erzählen, was Mädchen und Jungen spielen. Mädchen helfen der Mutter beim Fegen und Putzen mit ihrem Spielzeugbesen, die Jungen haben ein Holzpferd mit Wagen und spielen Fuhrmann. Wir leihen uns ein Bilderbuch aus, das von den Abenteuern eines Osterhasen bei seiner Reise um die Welt erzählt. Noch spannender aber ist Vaters Buch, das ich mir aus seinem Bücherschrank hole. „Mit dem Rad um die Welt" heißt es. Darin gibt es interessante Fotos von Menschen in fremden Ländern. Aber was ist das alles gegen die wunderbaren Abenteuer der Biene Maja! Unsere neue Lehrerin ist einfach prima!

Auch Vater macht Vorlesestunden für uns Kinder.
Im Wohnzimmerschrank steht eine Bücherreihe, die ist besonders schön anzuschauen. In grünes Leinen sind die Bände eingebunden. An Sonntagen holt Vater eines der Bücher hervor. *Als ich noch ein Waldbauernbub war* steht in goldenen Buchstaben auf dem Einband. Vaters Augen funkeln, und sein leises Lachen unterbricht die Geschichten, wenn er uns abends vorliest.

Ein Buch im Wohnzimmerschrank hat schon lange meine Neugier erregt. Es ist auf dem oberen Bücherbrett hinter anderen Büchern versteckt.
Mutter ist in die Stadt gefahren. „Wollen wir uns *das* Buch anschauen?", frage ich meine Schwester. Aufgeregt schiebe ich einen Stuhl vor den Schrank, steige hinauf und hole das verbotene Buch hervor. Jetzt liegt es vor uns auf dem

Teppich. Mit leichtem Herzklopfen sitze ich neben meiner Schwester. Wir suchen nach *den* Seiten. *Der Mensch* steht in großen Buchstaben über der Doppelseite, auf der Papierpuppen aus mehreren Schichten aufgeklebt sind. Aufgeregt klappen wir die Modelle auseinander. Wie Anziehpuppen lassen sie sich verwandeln. Erst wird die Hauthülle weggeklappt, und die rosige Muskelschicht schaut hervor. Darunter entdecken wir Herz, Lunge, Leber und das Gedärm. Schließlich klappen wir auch die Organe weg, und ein fahles Knochengerüst liegt vor unseren Augen. Das ist der Tod. Eine leichte Gänsehaut überläuft unsere Rücken, doch in den Schrecken mischt sich Neugier. Gibt es da nicht auch noch die kleinen Unterschiede zwischen Mann und Frau zu entdecken?

Die nächsten Seiten zeigen eine nackte Frau und einen nackten Mann. *Gebärmutter* steht da, wo der Bauch der Frau ist. Die lässt sich auch aufklappen. Darin liegt ein Baby. Und diese vielen fremden Wörter, die zu den Bildern von der Frau und dem Mann gehören. *Klitoris*, *Uterus*, *Vagina*, *Penis*, davon haben wir nie gehört. „Wir werden auch Frauen“, sage ich leise zu meiner Schwester.

Als Mutter aus der Stadt zurückkommt, haben wir das Gesundheitsbuch längst in den Schrank zurückgestellt. Wir sind noch immer aufgeregt, aber wir sprechen nicht über die verbotenen Seiten.

Ein neuer Schulleiter, Herr Hilder, kommt ins Dorf. Er ist jung und steckt voller Ideen. Er gründet einen Schulchor. Zusammen mit zwei Freundinnen darf ich an den Chorproben teilnehmen. Dem Chorleiter gefällt meine Stimme, und mir gefällt es zu singen.

„Möchtest du Geige lernen?“, fragen eines Tages meine Eltern. Als ich zustimme, geht Vater mit mir zu einem Volksschullehrer im Nachbardorf. Der Weg durch einen verwilderten Garten führt zu einem Efeu umrankten Haus. Wir läuten an der schweren Türglocke, klopfen, warten. Schließlich erscheint ein unscheinbarer Mann in grauer Jacke und Hose. Er begrüßt Vater. Er sieht mich nicht. Der Graue lässt uns eintreten. Eng ist es im dämmrigen Flur. An den Wänden und auf dem Boden liegen und stehen Kisten, Möbel, Stapel von Büchern und Noten. Der Graue räumt zur Seite, macht uns Platz, geleitet uns durch den Wald seiner Schätze in ein ebenso überladenes Wohnzimmer. Wir stolpern über Läufer und Teppiche und lassen uns in einem roten, zerschlissenen Sofa nieder. Dicke Samtvorhänge verdunkeln den Raum.

Aus einem Eichenschrank holt der Graue eine Geige hervor. „Nimm sie in die Hand. Ja, so. Das Kinn leg auf den Halter und fass mit der linken Hand das Griffbrett.“ Der Graue misst ab, schiebt meine Hand, drückt meine Schulter zurecht. Die Geige passt. „Das ist also die Kindergeige, die halbe Geige?“, fragt Vater. Der Graue nickt.

Vater vereinbart Tag und Uhrzeit der ersten Geigenstunde. Mit Herzklopfen beginnt der Unterricht in der Wohnung des Geigenlehrers. Der pustet feinen Staub von dem Notenheft, das er mir reicht.

Ich kann nicht atmen.

Schwarze Punkte sind Noten.

Schwarze Punkte sollen Klänge werden.

Vorsichtig setze ich den Geigenbogen auf eine Saite. Ein Ton entsteht. Es kratzt, es quiekt, es gefällt mir nicht. „Das wird schon“, sagt mein Lehrer.

Als am Ende des 4. Schuljahres unsere Lehrerin, Fräulein Ort, die Schule verlässt, gestalten wir ein Abschiedsfest. Ich spiele ein Lied auf meiner Geige. Hat es gut geklungen? Ich habe es genau gesehen, meine Freundinnen haben ein bisschen gelacht. Sie hielten die Hände vor ihren Mund.

Schularbeiten! Das ist kein Thema. In kurzer Zeit haben wir sie erledigt. Sommer und Winter, Frühling und Herbst sagen uns, was wir am Nachmittag tun.
Im Sommer geht es *in die Bickbeeren.* Mit Eimern und Dosen ziehen wir Cousinen auf die *Hohe Warte* und sammeln eifrig die kleinen, blauen Beeren. Wer hat zuerst sein Gefäß gefüllt, wer hat noch nichts von den süßen Früchten probiert? Zeig deine Zähne! Wer konnte der Versuchung widerstehen? Es gibt doch wahrhaftig die Fleißige, die den ganzen Nachmittag, ohne zu naschen, gesammelt hat. Und ihr Eimer ist zuerst gefüllt. Ist das gut, oder ist die Cousine blöd?
Im Herbst geht Mutter mit uns in die großen Buchenwälder am *Winfeld* zum Eckern sammeln. Der Sturm hat die braunen Früchte in großen Mengen auf den Waldboden geschüttelt. „Ihr habt so kleine Finger, damit könnt ihr die Bucheckern besonders gut aufsammeln“, sagt Mutter. Die Bucheckern sollen zu einer Ölmühle gebracht werden, um daraus Speiseöl zu pressen.
Wir sind fleißig. Es ist kalt. Die Hände werden steif. Als wir in der Dämmerung nach Hause gehen, stolpert meine Schwester über eine Baumwurzel. All ihre gesammelten Bucheckern liegen auf der Erde. Welch ein Kummer! Mutter muss trösten.

Im Nachbarort wohnt eine bekannte Strickerin. Wenn das Wetter es erlaubt, besuchen wir Mädchen sie, um von ihr zu lernen. Eine Stunde brauchen wir für den langen Weg zu ihr, vorbei an Feldern, Wiesen und durch einen Wald. Die Mutter der Strickerin öffnet uns die Wohnung. Ihre Tochter sitzt in einem Sessel. Ihre Beine sind bedeckt mit einer Decke. Wir setzen uns zu ihr und ihre großen Hände mit den geschickten, langen Fingern zeigen uns die Kunst des Strickens. Wir erzählen und plaudern mit ihr.
Irgendwann dürfen wir unter ihre Wolldecke schauen. Ihre Beine sind sehr kurz, die Füße sind kleine Klumpen. „Und sie hat einen offenen Rücken“, flüstert meine Cousine. Es erschreckt uns, wenn die kleine Frau über den Fußboden kriecht, oder sogar versucht, eine Treppe mit ihren starken Armen zu erklimmen.
Die Strickerin wird zur Freundin der Großfamilie. Sie strickt mit uns Strümpfe, Pullover, Pullunder, Röcke und Kleider, soweit Wolle vorhanden ist. Alte Strickwaren, locker gewebte Stoffe, sogar Zuckersäcke und Gurte von Fallschirmen werden aufgeribbelt und zu einem neuen Stück verarbeitet. *Herausgewachsen* wird mit Strick- oder Häkelnadel korrigiert. Bündchen werden an zu kurz gewordene Jackenärmel gestrickt, Stoffröcke verlängert man mit einer Strickkante, eine alte Jacke wird *wie neu* durch einen Strickkragen. Die Mode der Menschen im Dorf ist so vielfältig wie nie zuvor, und jeder ist sein eigener Modeschöpfer. Mutter näht mir den ersten Mantel aus einem alten Militärmantel unseres neuen Mieters. Er kratzt. Steif stehe ich bei der ersten Anprobe vorm Spiegel. Ich protestiere. Mutter weiß Rat: „Wir stricken einen weichen Kragen, dann geht es.“

Die Ziegen der Selbstversorger brauchen viel Frischfutter. Ist nicht genügend in den Gärten und an den Straßenrändern vorhanden, ziehen wir Kinder mit den Tieren in den Wald. Auf einer Lichtung pflocken wir sie mit ihren Halsbändern und einem Seil an einen Baum. Wir breiten eine Decke aus. Das ist unser *Lager.* Wir bauen Häuser aus Zweigen und Blättern, suchen einen Unterschlupf unter Baumwurzeln oder in kleinen Erdmulden, erkunden die nähere Umgebung. Die großen Cousinen holen ihr Strickzeug hervor. Sie haben viel zu erzählen. Am Abend packen wir zusammen, holen die Ziegen herbei. Wie dick ihre Euter geworden sind! Doch wehe, wenn sich ein Tier losgerissen hat. Beim Spielen haben wir das nicht bemerkt. Unser Nachmittag bekommt plötzlich eine aufregende Wende. Wir laufen in alle Richtungen, rufen und suchen, bis wir schließlich das zickige Tier wieder am Seil und in unserer Gewalt haben, um es zurück in den Stall zu bringen.

Es ist Winter. Frisch gefallener Schnee bedeckt die Erde. Der lange Schulweg führt die Dorfstraße hinauf, an hügeligen Wiesenrändern entlang.
„Komm, wir machen einen Engel", ruft Erika. Lachend werfen wir die Tornister an den Straßenrand und lassen uns rücklings auf das unberührte Weiß fallen. Wir breiten unsere Arme aus und drücken sie in den kalten Schnee. Wie das leise knirscht! Noch einmal und noch einmal heben und senken wir die Arme. Sie werden zu Vogelschwingen und fächern zwei Engelsflügel an den Winterhügel. Wer hat einen heilen Abdruck geformt? Wo ist der schönste Engel?

Die Jungen spielen unser Spiel nicht mit. Sie pinkeln ihre Namen in den frischen Schnee.

Am Nachmittag treffen wir uns auf dem Hahnberg. „Wir machen eine Schlenkerbahn“, ruft ein Junge aus dem 8. Schuljahr. Was für ein Signal! Das bedeutet Winterspaß für große und kleine Jungen und Mädchen. Fünf oder mehr Schlitten werden zu einem Zug hintereinander gebunden. Der Große aus dem 8. ist der Anführer. Er sitzt auf dem zweiten Schlitten und lenkt mit dem ersten den ganzen Zug. Große und Kleine verteilen sich auf dem Gefährt, und in rasendem Tempo, unter Jubel und Geschrei fahren wir den Berg hinab. Es geht die Dorfstraße hinunter bis zur Straßenbahnstation an der Badeanstalt. Durch Autos werden wir nicht gestört. Es gibt nur fünf oder sechs von den neumodischen Gefährten im Ort. Wunderbar glatt ist die Dorfstraße, und wir fahren sie zu einer wahren Eisbahn aus. Die Hausbesitzer haben extra für uns nur die Straßenränder mit Asche aus den Öfen bestreut. Die Straßen gehören heute uns Kindern.

Auch im Sommer ist die Straße unser Treffpunkt. Am späten Nachmittag schlendern wir vor unseren Häusern auf und ab und warten auf die Nachbarkinder. Nach und nach trudeln die Jungen und Mädchen ein. „Heute treffen wir uns vorm Heckenhaus“, ruft Helga. Es spricht sich schnell herum: *Völkerball* ist angesagt, das beliebte Gemeinschaftsspiel für Jungen und Mädchen. Zwei Mannschaften braucht man, da ist jeder und jede willkommen. Friedrich hat mit einem Stock ein 10x5m großes Feld und eine Mittellinie in die Schotterstraße gemalt. Die Ecken kennzeich-

nen wir mit dicken Steinen. Sind genügend Kinder da, kann das Spiel beginnen.
Marlies hat einen richtigen Ball. Der ist besser als die Bälle aus Stoff, die unsere Mütter genäht haben. Es ist ein echter Gummiball. Damit werfen wir uns gegenseitig aus dem Spielfeld.
Bis spät in den Abend hinein spielen wir unsere Spiele, wenn nicht Streit oder ein aufgeschürftes Knie ein vorzeitiges Ende bringen.

Nach einem Sommergewitter, wenn der Regen auf der Kalkstraße vorm Haus verdunstet, stehen in den vielen Schotterlöchern warme Pfützen zum Spielen bereit. Barfüßig laufen wir hinaus auf die Straße. Wir springen von einer Pfütze in die nächste und waten genüsslich in dem warmen Schlamm hin und her. Durch unsere Zehen quillt weicher *Modder*. Mit unseren Händen formen wir Burgen und Wälle, und die Löcher in den Straßen wachsen. In den nächsten Tagen wird der *Wegehöpper* mit einer Schubkarre voll Schotter kommen und die Straßenlöcher notdürftig reparieren.

Ein Stück Dorfidylle erleben wir am Bach, der durch unser Tal fließt. Starke Regengüsse haben ihn beinahe zum Fluss gemacht und ihn über seine Ufer treten lassen. Die angrenzenden Wiesen sind überflutet. Die Nachbarjungen holen einen Holztrog aus dem Keller und wollen damit rudern. Der Trog, in dem im Winter das geschlachtete Schwein liegt, ist zum Boot geworden. Und ich darf einsteigen, um die *Weltmeere* zu befahren!

1, 2, 3, 4 Eckstein,
alles muss versteckt sein,
hinter mir und vorder mir,
an beiden Seiten gildet's nicht.
1, 2, 3, ich komme!

Das Königsspiel für alle Kinder ist *Verstecken spielen*. Das Spielfeld ist unser ganzes Königreich mit Haus und Hof, Garten und Wald. Ecken und Mauern, Zäune und Bäume, Sträucher, Erdwälle, Holzschuppen und Verschläge sind unsere Verstecke.
Das schönste aller Verstecke wächst im Sommer im Garten. Vater hat Bohnenstangen in einer Reihe nebeneinander in den Boden gesteckt und je zwei oben zusammengebunden. Stangenbohnen sind an den Hölzern emporgewachsen. Sie haben ein grünes Rankenhaus im Garten hervorgezaubert. Ich krieche in das spitze Bohnenhaus und sehe die Sonne durch das grüne Blätterdach. Ich liege ganz still in dem schattigen Gang und vergesse für eine Weile das Spiel.

Das spielen nur Jungen, oder *Das spielen Mädchen*, so heißt es bei vielen Kinderspielen.

Die Jungen haben ein Taschenmesser. Sie benutzen es gern und oft. Aus einer Holzzwille schnitzen sie sich Schleudern. Damit schießen sie Papierkugeln, Erbsen oder Steine auf Gegenstände oder Tiere. Manchmal wird daraus ein gefährliches oder grausames Spiel.

Land verteilen heißt es, wenn die Jungen das Messer in einen gemalten Kreis werfen, dann Geraden ziehen und ein Stück Land für sich abschneiden.

Aus Weidenruten schneiden sie Bogen und schnitzen Pfeile. Wollen sie gefährliche Pfeile haben, legen sie Nägel auf die Straßenbahnschienen. Die Bahn fährt sie platt.

Ein kurzes, an beiden Seiten angespitztes Stück Weidenholz ist der Pinn für das Spiel *Pinneken schlagen*. Mit einem Stab schlagen die Jungen auf eine Spitze des Pinns und lassen ihn in hohem Bogen springen. Landet er in einem aufgezeichneten Mal, bedeutet das den Sieg.

Wir Mädchen spielen *Himmel und Hölle*, ein Hüpfspiel, zu dem wir lediglich einen Stein und die Schotterstraße benötigen.

Beim Murmelspiel graben wir kleine Erdmulden in die Straße und lassen unsere Glas- und Tonkugeln über Steine und Sand in das Loch hüpfen. Kleine Geschäfte werden getätigt. „Gib mir die große Rote, dann bekommst du die Blau-Marmorierte." Wie das Glas in der Sonne glitzert und im Stoffbeutel leise klickert!

Strohhalme und Seifenlauge benötigen wir, damit bunte, schimmernde Seifenblasen in den Himmel schweben.

Wir lassen einen Ball von Kopf, Arm, Hand und Knie an die Hauswand springen. Wer schafft es, ohne dass der Ball auf den Boden fällt? *Müde, matt, krank, todkrank, tot* heißt das Spiel. Woher kommt dieser Name?

Heidi hat einen Ballonroller geschenkt bekommen. Damit zu fahren, bedeutet für jedes Kind die Seligkeit. Heidi weiß das. Sie verkauft uns einmal Fahren gegen einen Dienst. „Hol für mich die Hefe vom Bäcker, dann darfst du fahren.“ So geht der Handel.

Im Tal der Berlebecke, unterhalb meines Elternhauses, liegt die Badeanstalt. Dort, wo das eiskalte Wasser direkt aus dem Bach in das Wasserbecken geleitet wird, ist der Nichtschwimmerbereich. *Hühnerecke* nennen die Großen ihn.
An heißen Sommertagen treffen wir Mädchen uns in der Badeanstalt.
Aufgeregt stehen wir in dem offenen Holzverschlag, in dem wir uns umziehen. Was tragen wir für Badekleidung? Das ist die alles entscheidende Frage. Denn wer kann schon einen richtigen Badeanzug kaufen? Unsere Mütter haben mal wieder Ideen entwickelt. Rosi trägt einen Zweiteiler aus kariertem Baumwollstoff. Ihre Mutter hat ihn aus einem verschlissenen Bettbezug genäht. Rita trägt ihr weißes Turnhemd und die schwarze Turnhose. Anne hat sich selbst einen geringelten Einteiler aus Wollresten gestrickt. Und Gisela? Sie hat keinen Badeanzug. Etwas verschämt holt sie eine Schürze hervor, die im Rücken geknöpft wird. *Kittelschürze* nennt man sie. Gisela zieht ihre Kleidung aus und schlüpft in die Schürze. Ihre Schwester schließt die Knöpfe im Rücken. Gisela holt eine große Sicherheitsnadel hervor. Damit steckt sie die Schürze zwischen ihren Beinen zusammen. „Das geht doch, oder?“, fragt sie etwas unsicher in die Runde. Wir zögern mit der Antwort und gehen schnell zur *Hühnerecke*. Da können wir mit unseren ausgefallenen Badeanzügen im Wasser verschwinden.

Mathilde hat eine wundersame Schwimmhilfe für Nichtschwimmer mitgebracht. Es sind zwei kleine Kissenhüllen aus Baumwollstoff, die mit einem schmalen Stoffstreifen miteinander verbunden sind. Ihre Mutter hat das seltsame Stück genäht. „Ich muss die Kissen durch die Nähte aufpusten. Dann werden sie ganz dick, und die Luft trägt mich", sagt sie. Mit aller Kraft versucht sie, die Kissen zu Schwimmflügeln aufzublasen. Doch es gelingt nicht. „Du musst den Stoff erst nass machen", ruft ihre Freundin. Das ist der entscheidende Tipp. Die flachen Kissenhüllen werden wahrhaftig zu prallen Flügeln. Mathilde legt sie sich um die Brust und taucht in das kalte Nass. Zwei weiße Stoffflügel schweben über ihren Schulterblättern. Sie helfen ihr, die sichere Grasnarbe am Rande des Wasserbeckens zu erreichen. Ein Zaubertrick! Den wollen alle Mädchen ausprobieren. Die Jungen stehen in einiger Entfernung und lachen. Sie können auch nicht schwimmen. Das wissen wir.

Beim Verlassen des Wassers warten wir, bis kein Junge in der Nähe ist. Unsere schlaff und lang gewordenen Strickbadeanzüge und unsere nasse, durchsichtige Unterwäsche wären ein berechtigter Grund zum Lachen. Das verstehen wir. Im Umkleideraum prusten wir los, denn hier sind wir vor fremden Blicken sicher. Wir sehen uns an, necken uns und kichern. Unsere Bademode ist wahrhaftig zum Lachen.

Der Vater einer Mitschülerin hat eine Schaukel in einem Waldstück hoch oben über dem Tal aufgebaut. Zwei Straßenbahnseile sind am Ast eines Baumes fest verankert. Sie halten das große Holzbrett, auf dem wir sitzen, wenn wir in den Himmel schaukeln. Dabei glänzen und funkeln die

Isolatoren, die weißen Porzellankugeln, vor dem unendlichen Blau. Wie wir fliegen und schweben in unserer Lebenslust. Beim Auf und Ab zwischen den Ästen, hoch über dem Tal beginnt die Zeit der ersten Klassenfreundschaften.

Da ist ein Junge. Er ist etwas älter als ich. Ich schaukele, und er gibt mir Schwung. Ich spüre seinen warmen Atem in meinem Nacken. Er kommt mir so nah, dass ich ihn riechen kann. Er riecht gut unter seinen Achselhöhlen. Ich mag es. Ich fliege höher und höher. Ich bin glücklich.

Vor unserem Haus liegt eine Wiese. Barfüßig gehe ich hinüber und berühre das weiche Gras. Das frische Grün, ihr Reichtum an Kräutern und Blumen betören Augen und Nase. In flirrendem Sonnenlicht lege ich mich in das Gras, unbemerkt. Die Gräser schützen mich vor neugierigen Blicken. Ein Blatt vom Sauerampfer schmeckt nach Sommer. Wie still es ist. Nur leise zittern Halme neben mir. Der frische Geruch der Erde mischt sich mit dem Wiesenduft zum Sommeraroma. Käfer und Wespen umsummen mich. Und der klare, blaue Himmel ist so unendlich hoch über mir.

Ich bin jetzt zehn Jahre alt.

Ich stehe vorm Spiegel im Elternschlafzimmer. Ich schaue mich an. Langsam schiebe ich die Seiten des Klappspiegels vor und zurück. Bin ich schön? Ist meine Nase nicht zu dick? Keine Locke verschönt mein Gesicht. Ich habe Sommersprossen. Meine Wangen sind gerötet, und meine Haut glänzt. Meine Cousine Erika sagt, man muss Puder auflegen. Glänzen ist nicht schön.
Was geschieht mit mir?
Mit meinem Cousin Friedrich sitze ich, versteckt vor fremden Blicken, zwischen Hühnerstall und Stangenbohnenbeet.
In unseren Köpfen räumen wir um. Bilder und Vorbilder müssen ihre Plätze tauschen, verschwinden, neue müssen Platz nehmen.

Wie leben die Erwachsenen? Wollen wir auch so werden wie sie? Sind unsere Eltern unfehlbar? Gibt es Gott, und gibt es den Teufel? Gibt es die Hölle und das Paradies? Warum leben wir?

Wir werden unsicher.

Im Dorf sind Fremde zugezogen. Was bringen die für seltsame Gewohnheiten mit! Einer der Zugezogenen ist unser Arzt. Er stammt aus Ostpreußen. „Ein netter Doktor! Aber stellt euch vor, er isst das Gehirn von Schweinen", so heißt es. Die Einheimischen bringen dem Neuen nach einer Hausschlachtung das Gehirn und lachen: „Deshalb ist er so schlau!"
Bisher behandelten die Menschen im Dorf ihre kleinen Wehwehchen mit allgemein bekannten Hausmitteln: heiße Bäder, Halswickel, Fußbäder, Kräutertees, Rizinusöl, Diät. Halfen die Hausmittel nicht, ging man zu Frau Stolle. Sie verkauft *Schüßlers Salze*.
Doch jetzt gibt es unseren *Dok Ö*, so nennt man ihn liebevoll im Ort. Er hat viel zu tun. Mit einem Moped fährt er von Haus zu Haus, um die Schwerkranken zu besuchen. Man schätzt den neuen Doktor. Man geht gern zu ihm. Besonders an den Montagen *sitzt* sein Warteraum voller Patienten. Am Samstag haben die Dorfbewohner ein Bad genommen und frische Wäsche angezogen. Da ist es sinnvoll, am ersten Wochentag zum Arzt zu gehen.

Im Sommer 1948 zieht Gerda, eine mir bisher unbekannte Tante, in unser Dorf. Tante Gerda stammt aus Thüringen. Sie war verheiratet mit Vaters Bruder Ewald, der in Erfurt

Lehrer war und 1944 in Russland gefallen ist. Jetzt ist die junge Witwe mit ihren beiden Kindern aus der Ostzone geflohen. Sie hofft, im Westen durch eine Pension versorgt zu sein. Völlig unverhofft erscheint die kleine Familie im Tantenhaus. Nur wenige Habseligkeiten trägt sie bei sich. Unser neuer Cousin hält eine Pappschachtel in seinen Händen. „Dürfen wir sehen, was du da mitgebracht hast?", fragen wir neugierig. Vorsichtig öffnet er den Karton. Darin liegt auf weicher Holzwolle eine Schildkröte. Liebevoll streichelt er den seltsamen Panzer. Wir staunen. Solch ein Tier kennen wir nicht.

Die neue Familie zieht ins Tantenhaus. Man rückt zusammen. Im Obergeschoss wird eine kleine Wohnung hergerichtet. Jetzt wohnen fünf Erwachsene und neun Kinder in Vaters Elternhaus.
Unsere neue Tante hat in einer angesehenen Erfurter Restauration das Kochen erlernt. „Thüringer Küche", sagt sie, wenn sie zum Essen lädt. Ihre hausgemachten Klöße sind eine besondere Delikatesse.
„Ich komme zu euch und zeige, wie es geht", bietet sich Tante Gerda für den nächsten Samstag an.
Früh am Morgen erscheint sie in Mutters Küche. Sie schält Kartoffeln und reibt sie auf einer Metallreibe. Mutter stellt unterdessen einen Stuhl mit seiner Sitzfläche auf den Küchentisch. Seine vier Beine ragen wie Tierpfoten in die Höhe. Ein Vierecktuch aus Leinen bindet sie zwischen die Beine, je ein Zipfel an ein Bein, sodass ein großer Hängebeutel über der Sitzfläche schwebt. Tante Gerda schüttet die geriebenen Kartoffeln in den Beutel. Langsam tropft das Stärkewasser durch das Leinen in einen Behälter. „Geht, und wascht euch die Hände", sagt Mutter. Jetzt dürfen wir helfen. Mit ganzer Kraft drücken wir die Kar-

toffelmasse zusammen und pressen das Wasser durch das Gewebe. Aus der nassen Leinenhaut fließt gelber Saft und quillt durch die Finger. Wir drücken Berge und Täler, Gesichter und Figuren in den nassen Beutel. Wir genießen das Spiel mit der seltsamen Knetmasse.
Schließlich bindet Tante Gerda das Tuch los und lässt den ausgepressten Kartoffelball in einen Topf gleiten. Sie gibt gekochtes Kartoffelpüree, Eier und Salz hinzu. Sie rührt den Kartoffelteig und formt mit ihren flachen Händen kugelrunde Klöße. Mutter hat unterdessen Weißbrotbröckchen in Butter angeröstet. Die versteckt sie, Stück für Stück in den Klößen. Im großen Topf kocht Salzwasser. Tante Gerda legt die Klöße hinein und lässt sie 20 Minuten ziehen. „Nicht kochen", sagt sie. Schließlich ruft die Gastköchin zur Mahlzeit:
„Thüringer Klöße zu Schweinebraten und Rotkohl."
Die *Lippische Küche* ist um ein Gericht reicher.

Im Nachbarhaus ist eine Familie mit zwei Mädchen eingezogen. Wie schön und groß die Eltern sind. Kaum jemand aus dem Dorf sieht so gut aus. Die Mädchen können wunderbar erzählen. Ich stehe mit meiner Schwester vor ihrem Kinderzimmerfenster, höre staunend von dem großartigen Puppenhaus, das sie besitzen. Jeden Tag erfahren wir neue Details vom großen Glanz und Pomp, mit dem das Haus ausgestattet ist. Über Wochen hin stehen wir täglich vor dem Fenster und warten auf die versprochene Besichtigung. Wir warten vergebens. Schließlich verschaffen wir uns Zugang zur Wohnung. Hämisch verkünden uns die Mädchen, dass sie uns nur ein bisschen belogen haben. Wir sind tief verletzt und enttäuscht. Hatten wir so etwas Hinterhältiges je erlebt?

Eine *Neue* ist in unsere Klasse gekommen. Sie gefällt mir. Ihre braunen Kraushaare umspielen das schmale Gesicht. Sie spricht mit warmer Stimme, leise, fremd. Und sie heißt *Holle*. Welch ein Name! Sie ist das Kind einer siebenköpfigen Familie. Man munkelt, ihr Großvater sei ein bekannter Politiker gewesen. Wir fragen nicht. Gemeinsam gehen wir zur Schule und laden uns gegenseitig ein.
Holles Geburtstag ist etwas ganz Besonderes. Der Kaffeetisch ist mit Kindertassen gedeckt, und der Kuchen ist extra für Kinder dekoriert. Wo gibt es so etwas? Bei keiner Freundin gibt es Kindertassen.
Und dann noch etwas Außergewöhnliches: Die Eltern küssen ihre Kinder vor unseren Augen. Manchmal sogar mitten auf der Straße! Das gab es noch nie in unserem Dorf.

Eine vornehme Frau kommt des Öfteren in unser Haus. Eine Dame! Ich weiß nicht, woher meine Eltern sie kennen. Ihre hohen Absätze klappern, wenn sie den Steinfußboden im Hauseingang betritt. Sie schreitet durch unsere kleine Wohnung wie durch einen Saal und lässt sich mit einem Seufzer in einem Sessel nieder. Wie elegant sie gekleidet ist. Ihr großer Mund ist geschminkt und ihre goldenen Ohrringe mit weißen Perlen zittern leise, wenn sie mit sanfter Stimme wieder einmal spricht. „Ja, der Arzt hat meinen schweren Herzfehler erkannt. Und jetzt bekomme ich *Strophantinspritzen*. Gott sei Dank.“ Wir Kinder stehen vor der Vornehmen und staunen. Jetzt weiß ich, dass man herzkrank sein muss, um auch vornehm zu sein.

Die jüngste Schwester meiner Mutter ist auch vornehm. Ein bisschen. Sie hat wunderschöne Lederstiefel. „Nappaleder“, sagt sie. Auch ihre Schuhe sind eleganter als die der anderen Tanten. Und ihre Strümpfe! „Nylonstrümpfe sind das“, sagt Tante Lisa geheimnisvoll, wenn sie das hautfarbene Netz über ihre Beine zieht. Vorher streift sie dünne Handschuhe über ihre Hände, um das durchsichtige Kunstgewebe nicht zu verletzen. Besonders sorgfältig zieht sie die Naht der Strümpfe an den Waden hoch. „Ganz gerade muss die Naht sein. Kannst du mal schauen ob sie jetzt gut sitzt?“, so vergewissert sich Tante Lisa. „Dieser neumodische Kram! Alles Unsinn!“, ist der Kommentar der Großmutter.
Wir Mädchen aber sind beeindruckt. So etwas dürfen wir auch bald tragen. Am Tag der Konfirmation werden wir zum ersten Mal solche Strümpfe anziehen. Und die Naht wird unsere Beine noch schlanker erscheinen lassen. Was für Aussichten!
Auf dem Tischchen neben dem Bett unserer jungen Tante liegt ein Lederetui zur Nagelpflege. Wie wunderbar glänzend die Nägel werden, wenn wir sie mit dem Lederschiffchen polieren. Und dann der silberne Spiegel, der silberne Kamm und die silberne Kleiderbürste. Tante Lisa kann sich solche kostbaren Dinge leisten. Sie arbeitet nicht als Hausmädchen wie die meisten jungen Frauen im Dorf. Sie hat einen richtigen Beruf. Sie arbeitet im Büro einer Eisen- und Haushaltswarenhandlung in Detmold. Sie ist nicht nur vornehm, sie ist auch klug, denn sie kann uns viele Dinge erklären. Wenn wir sie fragen, nimmt sie sich Zeit, um uns zu verstehen und uns zu antworten. Sogar nach der Liebe zwischen Mann und Frau können wir sie fragen. Sie ist unsere Vertraute.

„Das hat es früher nicht gegeben", sagen die Leute. Im Dorf hat sich ein Friseur niedergelassen. Flüchtling ist er. Mitten im Ort richtet er einen Frisiersalon ein und bietet Haarschnitte für die Dame und den Herrn. Wer geht schon zum Friseur? Viele junge und alte Frauen tragen lange Haare. Sie stecken die Haarpracht zu einer Hochfrisur mit Hilfe von Hornkämmchen fest, tragen eine Innenrolle oder einen Nackenknoten, der mit Metallnadeln in Form gehalten wird. Manchmal muss ein Haarnetz zusätzlich für Ordnung auf dem Kopf sorgen.
Doch der Friseur bekommt Zulauf. Eine Zugezogene, dann zwei oder drei, schließlich sogar Einheimische gehen zu diesem Friseur und lassen sich eine Kurzhaarfrisur verpassen. Wer ist es? „Ach ja, die hatte sogar einen *Ami* als Freund, während ihr Mann noch in Gefangenschaft war. Typisch! Na ja, und die Zugezogene, wer weiß, was das für eine ist."
In den frommen Häusern weiß man genau, dass kurze Haare von Übel sind. Sogar in der Bibel steht das geschrieben. Samson verliert seine Kraft, als Dalila ihm die Haare abschneidet. Man weiß, dass die *Frau* lange Haare tragen muss. Aber zeigen darf sie die Pracht nicht. Lange, offene Haare sind *Flittchenfrisuren*.
Was lauert da hinter den Haaren? Das Mädchen aus der Nachbarschaft hat Andeutungen gemacht. Ich ahne die vielen ungeschriebenen Vorschriften. Zucht und Ordnung, Sexualität und Moral. Und die Haare! Wie passt das alles zusammen?

Meine Cousine Carola ist verliebt. Eng umschlungen sitzt das verlobte Paar am Klavier im Elternhaus. Die Braut singt ein Volkslied, ihr Bräutigam begleitet sie. Voller neugieriger Freude schauen wir genau hin. Wie wunderschön wird es sein, wenn Carola bald im Schleier mit dem Myrtenkranz und im weißen Brautkleid vorm Altar erscheinen wird!

Nach ein paar Wochen hört man im Verwandtenkreis von der großen Schande, die Carola über die Familie gebracht hat. Sie erwartet ein Kind, bevor sie den Segen der Kirche empfangen hat. Der Brautvater ist außer sich. Wie konnte Carola in diesen sündigen Zustand geraten? Er verbietet seiner *gefallenen Tochter*, bei der Trauung ein weißes Kleid mit Schleier zu tragen. Die Trauung darf nicht in der Kirche, sondern muss im Wohnzimmer des Elternhauses stattfinden. Die tief gedemütigte Braut erscheint zu ihrer Hochzeit in einem schwarzen Kleid.

Das Dorf schert sich nicht um die Moral in den frommen Häusern. Das Friseurgeschäft blüht. Auch Mutter geht in den Salon. Sie lässt sich zwar nicht die Haare abschneiden, aber sie bekommt eine Dauerwelle. Das lässt sich vertreten. Das ist praktischer und moderner als die Haare mit einer Brennschere zu ondulieren, so wie sie es bisher gemacht hat. Ich sitze mit meinen Geschwistern im Nebenraum und warte auf das Ende der aufwändigen Sitzung unter der Frisierhaube.

An den Wänden hat der Dorfneuling einen Spruch angebracht:

Ich wollt, ich wär ein Elefant. Dann würd ich jubeln laut.
Mir ist's nicht um das Elfenbein, nur um die dicke Haut.

Der Friseur hat den Wartenden noch mehr zu bieten. Ein Stapel Hefte liegt bereit. *Illustrierte* nennt man sie. Darin ist aufregend Neues zu entdecken. Schauspieler, Autos, Mode, Reklame. Eine glitzernde Welt auf Hochglanzpapier in unserem Dorf!

Meine Augen bleiben an einer Reklameseite hängen: Ein ebenmäßig schönes Frauengesicht ist zweigeteilt, die eine Hälfte ist übersät mit Sommersprossen, die andere ist makellos rein dank *Schwanenweiß*. Das ist es! Ein Wundermittel gegen meine hässlichen Punkte auf der Nase gibt es zu kaufen! Ich werde dafür sparen. Beim Bauern kann man Rüben verziehen, das bedeutet 50 Pfennige pro Nachmittag. Für *Schwanenweiß* werde ich das tun.

Beim Weiterblättern lese ich neben einer Reklame für Lippenstift und Puder *Make up*. Ich buchstabiere, langsam, Laut für Laut. Die Worte kenne ich. Meine Großeltern sprechen miteinander und mit Freunden ihres Alters so. Es ist Plattdeutsch und bedeutet *draufmachen*. Meine großen Cousinen sagen, dieses Wort in der Illustrierten ist englisch. Ich kann es kaum glauben. Die Sprache der alten Menschen im Dorf ähnelt der Sprache der fremden Soldaten, die in ihren Jeeps durch unsere Straßen fahren!

Das Dorf und seine Bewohner verändern sich. Es kommen Fremde an die Türen. *Hausierer* nennt Mutter sie. Bettler und Händler klingeln, möchten ein Stück Brot oder Geld, bieten Schnürsenkel, Seife, Putzlappen und Bohnerwachs. Der Schrotthändler klingelt. „Lumpen, Eisen, Papier!“, ruft er auf der Straße. Er nimmt, was man ihm bringt, und gibt Pfennige dafür. Wir Kinder sammeln in Müllkippen, auf Straßen und im Haus. Das bringt Taschengeld.

Der Scherenschleifer kommt. Er schärft Messer, Scheren, Sicheln und Sensen. Wir Kinder stehen neben ihm, dürfen den Schleifstein drehen, wenn er das Metallwerkzeug über den Sandstein gleiten lässt und mit Wasser befeuchtet.

Bis zum Jahr 1948 bezahlt man Waren und Dienstleistungen mit Reichsmark. Doch die Geschäfte sind leer. Es gibt kaum Ware zu kaufen. Die *Lebensmittelmarken* sichern das Nötigste. Jede Familie bekommt Marken für Zucker-, Salz-, Brot-, Butter- und Mehlrationen.
Die *Bezugsscheine*, die man beim Bürgermeisteramt holen kann, ermöglichen den Kauf von einem Wintermantel, einer Regenjacke, Fahrradreifen, Schuhen und Ähnlichem, soweit solche Ware überhaupt in den dazu angelegten Lagern vorhanden ist. Kein Wunder, dass der Tauschhandel blüht. Zigaretten und Seidenstrümpfe, Schmuck, Teppiche und Instrumente werden verhökert für einen Schinken, für Wurstwaren und Kaffee. Woher bekommt man Zigaretten und Seidenstrümpfe? Wer hat Kontakt zu den Besatzern? So genau will man es nicht wissen. Endlich kann man Bohnenkaffee, Gute Butter, Schokolade, ein gutes Stück Seife und andere lange entbehrte Ware erstehen. Man hat den Muckefuck, den Kartoffelkuchen, die ständigen Kohlmahlzeiten satt.

Im Jahr 1948 ist die *Währungsreform.* Vater und Mutter gehen zum Bürgermeisteramt und bekommen gegen Vorlage der Ausweise für jede Person im Haushalt 40 DM, das *Kopfgeld.* „Jetzt sind alle gleich reich“, sagt Vater. Doch kurz darauf gibt es im Dorf wieder Arme und Reiche.

Der *graue Markt* ist vorüber. Langsam beginnt der Handel zu blühen. Im Dorf produziert die Möbelfabrik wieder. In der alten Baracke am Ende des Dorfes, in der während des Krieges Filme vorgeführt wurden, hat ein Fremder mit der Produktion von Elektroklemmen begonnen. Die Männer bekommen Arbeit. Die Frauen versorgen Haushalt, Garten, Kinder und holen sich von dem neuen Unternehmer *Heimarbeit*, um das spärliche Einkommen der Familie aufzustocken. Handlungsreisende gehen von Haus zu Haus. Ein Teppich kommt in die Wohnküche. Der Vorwerkvertreter verkauft Mutter einen Staubsauger. Das Sofa bekommt einen neuen Bezug. Die Wände werden tapeziert. Der ortsansässige Dekorateur und der Malermeister bringen große Musterbücher ins Haus, um den passenden Stoff und die passende Tapete auszusuchen. Eine erste Waschmaschine von Miele wird gekauft. In einem runden Holzbottich bewegt ein Motor den Metallarm hin und her. So wird die Wäsche gereinigt. „Ein Segen", sagt Mutter.

In der Stadt gibt es wieder Kleidung und Schuhe zu kaufen. Endlich!
Das Schuhwerk war in der Kriegs- und Nachkriegszeit das größte Problem. Der ortsansässige Schuster musste jeden Schuh viele Male reparieren. Man reichte die Schuhe von einem Kind zum nächsten, sobald sie zu klein geworden waren. Man kaufte Sandalen mit Strohsohlen. Findige Bastler schnitten Sohlen aus alten Autoreifen und versahen sie mit Riemen jeder Art, um sie als Schuhwerk an den Mann oder die Frau zu bringen. Holzschuhe trug man. Bekam jemand abgelegte Militärstiefel, wurde er von allen beneidet.
Jetzt fährt Mutter mit uns in das Schuhgeschäft. *Salamanderschuhe* kaufen wir. Sie sind wunderbar. Unsere Füße ste-

cken in braunen Lederschnürschuhen. Doch was sind die Schuhe gegen die Salamanderhefte, die uns die freundliche Verkäuferin überreicht! Schon auf der Rückfahrt mit der Straßenbahn lesen wir von den wundersamen Abenteuern des Salamanders *Lurchi*. In Reimen erleben wir die aufregende Welt des liebenswerten und tapferen Tieres. Wann gibt es ein neues Heft, wer fährt in die Stadt und kauft Schuhe? Wir wollen schließlich wissen, ob und wie *Lurchi* die Gefahren meistert, die er im Kampf gegen Naturgewalten und listige Tiere bestehen muss.

Ein neuer Freund hat sich bei mir eingeschlichen. Zu meinem elften Geburtstag bekomme ich Post von *Blendax Max*. Es stehen doch wahrhaftig mein Name und meine Adresse auf dem Brief, in dem mir ein *Blendax Max* zu meinem Geburtstag gratuliert und mir alles Gute wünscht. Er lässt so nebenbei einfließen, dass ich auch eine *Blendax*-Zahnpaste kaufen kann. Das tue ich von diesem Tag an, und *Blendax Max* bleibt mir treu. Er schreibt jedes Jahr zum Geburtstag.

Im Dorf kauft man in den Nachkriegsjahren als Brotaufstrich Margarine. *Gute Butter* ist zu teuer. Man kann sie sich nur an den hohen Festtagen und zum Geburtstag leisten. Die Margarinetöpfchen sind in Pappe verpackt und enthalten, zur großen Freude der Kinder, Margarine-Sammelbilder. Nach dem Einkauf können wir es kaum erwarten, die Hülle zu entfernen und das neue Sammelbild anzuschauen. Was gibt es da für Herrlichkeiten zu bestaunen!

Drei Menschen schauen von einem Waldrand aus durch eine Kulisse von weißen Felsen auf ein ruhiges, blaues Meer. Zwei große Baumwipfel beschützen die friedlichen Betrachter. *Rügen* steht auf der Rückseite. Das Wort kenne ich. Meine Patin ist dort *in Stellung* gewesen.

Ein Blumenstrauß mit Blumen des ganzen Jahres steht groß und prächtig in einem kleinen Tonkrug. Lilien, Tulpen, Narzissen, Maiglöckchen, Rosen, Astern, Nelken und Kornblumen leuchten in hellen Farben auf dunklem Grund. Winzig klein krabbeln und fliegen Insekten, Schmetterlinge und Kriechtiere in den Blumen und um den Krug herum.

Auf reich verzierten Tischdecken liegen Früchte, stehen Kristallgläser und Kerzenleuchter. Frauen tragen prächtigen Schmuck, Seidenröcke und samtene Jacken, besetzt mit Pelz. Sie musizieren zusammen. In welchem reichen Haus mag es so zugehen?

Und dann ist da ein Bild, das mich ganz verzaubert: Aus einer großen, weißen Muschel steigt eine wunderschöne Frau mit langen, wallenden Haaren hervor. Sie ist nackt. Ihre Haut ist wie Porzellan, so makellos rein und zart. Nicht eine Sommersprosse ist zu sehen. Und diese Haare! Lockig und weich fallen sie wie eine wallende Welle über ihre Schultern bis hinunter zu der verborgenen Stelle. Verschämt verdeckt die Schöne damit ihre Blöße. Zwei Engel schweben zu ihr herab, und eine Frau in einem Blumenkleid reicht ihr ein kostbares Tuch. Mitten in einem Zauberland scheint die Nackte in der Muschel zu stehen. Oder ist es das Paradies? In der Bibel gibt es solch eine Geschichte nicht. Das weiß ich genau.

An einem warmen Tag im Juni 1948 ziehen Mutter, Vater und wir drei Kinder mit einem kleinen Wagen zum Kartoffelroden auf ein gepachtetes Stück Land am Dorfrand. Mutter trägt einen großen Regenmantel, das ist nicht ihr Geschmack. Sie hilft kaum bei der Arbeit, auch das ist ungewöhnlich. Mutters dicken Bauch bemerken wir nicht. Als wir während einer Brotpause am Feldrand sitzen, verkündet Vater uns, dass wir in zwei Monaten ein Geschwisterchen bekommen werden. Wir drei Kinder jubeln, und wir sehen unseren Eltern die Freude auf das bevorstehende Ereignis an. Jetzt endlich verstehen wir die geheimnisvollen Gespräche der Großen.
Ende September bringt Vater unsere Mutter zur Entbindung in das Frauenheim in Detmold. Wir dürfen sie nicht besuchen. Auch das Baby dürfen wir nicht sehen. Hygienevorschriften! Nach zehn Tagen holen wir Mutter mit unserem kleinen Bruder zurück in unser Haus. Endlich! Mutter sieht glücklich und so jung aus. Sie legt das Baby in das weiße Gitterbettchen. Der zarte Brautschleier von Tante Lisa schwebt an einer gebogenen Stange als Himmel darüber. Seit Wochen steht das kostbare Babynest neben dem Ehebett im Schlafzimmer der Eltern. Leer! Jetzt endlich liegt darin unser Brüderchen auf einem feinen, weißen Kissen. Der runde, kleine Kopf schaut hervor, die Arme mit den zarten Händen liegen entspannt neben dem Köpfchen. Das Baby schläft. Sehnlichst warten wir auf die Stillzeiten. Wir stehen neben Mutter, wenn der Säugling zu

trinken bekommt und hoffen, ihn auf den Arm nehmen zu dürfen.
Mit dem Neugeborenen kommt viel zusätzliche Arbeit ins Haus. Täglich benötigt das Baby eine Menge Windeln aus dünnem Baumwollstoff und viele dicke *Moltontücher*, die um die dünnen Windeln gewickelt werden. Das gibt jeden Tag einen riesigen Berg Wäsche. Stück für Stück wird kalt ausgewaschen und anschließend im großen Einmachkessel auf dem Herd ausgekocht. Auch die weißen Babyhemdchen und Baumwolljäckchen werden täglich gewechselt und ausgekocht. Mutter kommt nicht zur Ruhe. Sie ist ständig zugange. „Du kannst helfen. Die Windeln müssen zusammengelegt werden“, sagt sie. Viel lieber helfe ich beim täglichen Bad und beim Wickeln des Babys. Zu festgelegten Zeiten gibt Mutter dem Säugling zu trinken. Danach trägt sie ihn in das Schlafzimmer und legt ihn bis zur nächsten Mahlzeit in drei Stunden in das Gitterbett. Jetzt dürfen wir nicht mehr stören. „Das Baby braucht Ruhe“, sagt Mutter.

„Wer von euch will das Gymnasium besuchen?", fragt unsere Lehrerin zu Beginn des neuen Jahres 1949. Meine Freundin Holle und ich melden uns. Niemand sonst will die notwendige Aufnahmeprüfung machen. „Warum nicht?", frage ich meine Cousine und andere Freundinnen. „Jeden Monat muss man Schulgeld bezahlen. 25 DM. Mein Bruder geht schon zum Gymnasium. Das reicht für meine Eltern", ist die Antwort von Erika.
Ich will nicht mehr darüber reden. Ein seltsames Gefühl habe ich im Bauch. Lieber will ich mit den Freundinnen über unsere Poesiealben sprechen. Jeder soll noch in mein rot-goldenes Album schreiben. Abends schaue ich mir die neuen Verse und die eingeklebten Rosenbilder an.

Rosen, Tulpen, Nelken,
alle drei verwelken.
Aber nur die eine nicht,
und die heißt Vergissmeinnicht.

Das steht in ungelenker Handschrift auf der neuen Seite. Sie sollte so schön werden, die Seite. Die Tinte ist gemein. Sie verrät so viel. Das Rosenbild daneben ist aber besonders schön: Zwei Tauben küssen sich. Sie sitzen in einem Kranz aus Maiglöckchen.

Am Schuljahresende findet die Aufnahmeprüfung im Mädchengymnasium statt. Holle und ich fahren mit der Straßenbahn in die Stadt, stehen mit anderen Mädchen in der großen Turnhalle und werden in Gruppen in die Klassenräume geführt. Eine fremde Lehrerin diktiert uns einen Text, sie gibt uns das Thema für einen Aufsatz und verteilt Aufgaben in den Grundrechenarten mit Textaufgaben. Drei Stunden dauert die Prüfung. Als wir nach einer Woche wieder in der Turnhalle erscheinen, liest der Direktor Doktor Bonsch die Namen der Mädchen vor, die noch eine mündliche Prüfung machen müssen. Mein Name ist nicht dabei. Mein Herz will zerspringen. Sicherlich bin ich durchgefallen. „Ihr könnt nach Hause gehen", höre ich die Männerstimme, „ihr habt schon bestanden."

So schnell wie möglich fahre ich mit der Straßenbahn zurück in unser Dorf. Meine Eltern warten auf mich. Sie sind stolz. Sie haben eine Überraschung für mich: Im Schlafzimmer hängt ein strahlend blaues *Bleylekleid* mit einer Blumenstickerei auf dem Vorderteil. „Das ist für dich", sagt Mutter, „du musst es einmal anprobieren". Ich schlüpfe in das Kleidungsstück für das Gymnasium. Es ist wunderschön. Aber meine Haut sträubt sich und Gänsehaut kriecht vom Kopf bis zu den Füßen. Das neue Kleid kratzt.

Nach den Ferien beginnt die Schulzeit im Mädchengymnasium in Detmold. Ich ahne das Ende meiner Kindheit.